Fue una estrella
quien te puso aquí
y te hizo de
este pueblo

나는
지금
쿠바로
간다

나는 지금 쿠바로 간다

1판 1쇄 2024년 6월 11일

글 한정기

펴낸이 모계영 **펴낸곳** 가치창조 **출판등록** 제406-2012-000041호
주소 경기도 고양시 일산동구 중앙로1347, 228호(장항동, 쌍용플래티넘)
전화 070-7733-3227 **팩스** 031-916-2375 **이메일** shwimbook@hanmail.net

ISBN 978-89-6301-350-3 03810

문학세상 은 가치창조 출판그룹의 문학 전문 브랜드입니다.

나는 지금 쿠바로 간다

한정기 지음

문학세상

★

작가의 말

내가 태어난 동해안의 조그만 바닷가 마을에는 늘 거센 바람이 불고 흰 파도가 밀려왔다. 나는 그 바람 속에서 자랐다. 파도가 밀려오고 쌍무지개가 뜨는 푸른 바다 저 너머가 나는 늘 궁금했다.

아버지는 외항선 선장이었다. 아버지가 보낸 편지에 적혀 있던 싱가포르, 고베, 다낭 같은 먼 나라의 이름들. 낯설면서도 상상력을 자극하는 그 이름들은 사춘기의 나에게 세상에 대한 호기심을 키워 주었다. 지금이야 인터넷으로 지구촌 구석구석에서 일어나는 일들을 실시간으로 알 수 있지만, 내가 사춘기일 때는 컴퓨터도 일반화되지 않았고 구글이나 스마트폰 같은 건 상상도 못 했을 때다. 그러나 지금 사람들이 잃어버린 세상에 대한 호기심과 상상력은 무궁무진했지 싶다. 어쩌면 나는 태생적으로 방랑벽 같은 걸 한 스푼 지니고 태어난 것 같기도 하다.

작가로 살면서 그동안 책도 여러 권 내었고 일과 이런저런 이유로 참 많은 곳을 돌아다녔다. 책장에 꽂힌 내 책을 볼 때마다 여행서 한 권쯤 있었으면…… 그런 바람이었다. 그 바람은 우연한 만남을 통해 이뤄졌다. 돌이켜 보면 내 삶의 중요한 지점마다 우연 같은 만남이 있었고 지나고 보면 나는 그 만남을 미리 준비하고 있었던 것 같은 느낌이 들기도 한다.

모든 걸 다 보여 주는 시대. 그러나 화면을 통해 보는 것과 직접 가서 그곳의 바람과 햇살을 느끼고 공기의 냄새를 맡으며 사람을 만나 손을 잡는 건 다른 차원의 느낌과 깨달음을 준다. 망설이는 이유는 수없이 많지만, 우리네 삶이 영원하지 않다는 걸 너도 알고 나도 아는데. 더 이상 머뭇거릴 시간이 없지 않나? 이 순간에도 우리 몸은 쇠락을 향해 달려가고 있는데.

부족한 글을 책으로 만들자고 제안해 준 출판사 대표님과 예쁘게 편집해 준 강미서 님께도 진심으로 감사드린다.

머무는 듯 가는 봄, 플비원에서

★

차례

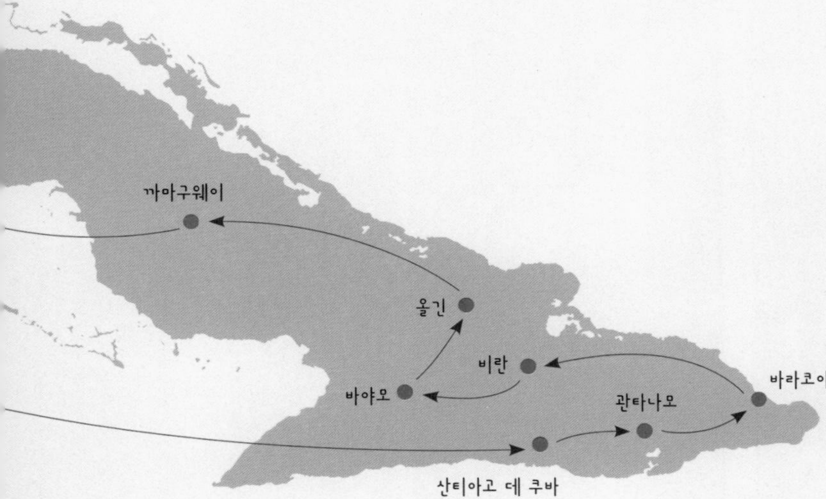
까마구웨이
올긴
비란
바야모
바라코아
관타나모
산티아고 데 쿠바

멀고 먼
에어 캐나다 탑승구

"국경을 넘을 때 뭔가를 뒤에 남기고 떠나는 듯한 우울함과 새로운 세계에 대한 흥분과 기대가 교차하는 걸 느낍니다."

–영화 〈모터싸이클 다이어리〉에서 체가 어머니에게 보내는 편지 중

그가 느꼈던 그 감정은 모든 여행자가 느끼는 공통의 감정이 아닐까? 떠나기 전의 내 마음도 그와 똑같았으니.

헤밍웨이, 살사 리듬, 성공한 혁명, 유기 농업의 모범 사례, 자본주의 체제의 대안적인 삶, 카리브해의 물빛, 모히토와 럼, 세계 최고 품질을 자랑하는 시가 등 쿠바에 가야 할 수많은 이유가 있

었지만, 제일 앞자리에 선 이유는 당연 체 게바라였다. 20세기 가장 위대한 인물. 서른아홉이라는 나이에 죽음으로써 영원한 삶을 살게 된 체! 그 순수한 열정과 꿈을 만나는 건 내 오랜 소망이었고 꿈이었다. 포기하지 않은 꿈은 언젠가는 현실이 되고 그 현실은 우리의 삶이 된다.

여행하는 방법은 여러 가지다. 자유여행은 자유롭게 일정을 짜고 머물거나 떠나는 게 온전히 내 의지대로 가능하다. 하지만 비용도 만만찮고 항공권, 숙소, 현지 교통편 등 모든 걸 스스로 해결해야 하는 부담이 크다. 더군다나 쿠바는 지구상에 남은 몇 되지 않는 사회주의 국가라는 심리적 거리에다 카리브해에 자리 잡은 중미라는 물리적 거리까지 보태져 자유여행이 망설여질 수밖에 없는 나라다. 패키지여행은 비교적 합리적인 가격에 모든 걸 여행사에 맡기고 몸만 따라가면 되니 세상 편하지만, 일정표에 따라 찍기 위주로 다녀야 해 진득하니 머물며 그곳의 풍경이나 문화에 젖고 싶은 여행자들에겐 아쉬움이 크다. 그걸 보완해 인솔자를 두고 자유로운 형태의 여행을 주로 선호하는 편이다. 이번 쿠바 여행도 '로이스'라는 오랜 친구가 진행하는 프로그램에 함께

하기로 했다. 인원은 인솔자 로이스를 포함한 16명이었다.

동화 작가로 글을 쓰고 주부로 살림 살면서 남들만큼 여행도 해 봤지만, 이번에 출발 전 공항에서 맞닥뜨린 사건은 전무후무한 일이었다.

쿠바는 우리나라가 수교하지 않은 몇 안 되는 나라 중 하나다. 당연히 한국에서는 쿠바로 가는 직항로가 없다. 쿠바로 가려면 미국을 통해 가기도 하지만,(2001년 9.11 테러 이후 여행객을 잠정 테러리스트로 취급하는 미국 공항의 입출국 수속은 정말 고약하다. 한 번 당한 사람은 미국을 거쳐 가는 것조차도 다들 고개를 저을 정도다.) 멕시코나 캐나다를 경유하는 게 일반적이다. 우리는 캐나다를 경유하는 항공권을 구매했다. 그런데 2017년부터 캐나다는 경유만 하더라도 반드시 EAT 비자를 발급받아야 한다. (출간을 위해 원고 최종본을 살피는데 쿠바와 한국이 수교를 맺었다는 뉴스가 나오네. 우연의 일치치곤 기막히구나 싶다.)

오후 5시 30분 토론토로 출발이어서 오후 3시에 체크인 카운터에 갔더니 캐나다 비자가 없다고 보딩패스 발급이 안 되는 거다. 무슨 이런 경우가! 너무 황당해 모두 망연자실! 가장 어처구니

가 없었던 사람은 로이스였겠지. 개인적으로 비자를 발급받으라거나 단체로 발급받을 거라는 등 비자에 대해선 단 한마디의 안내도 없었으니, 말 그대로 눈앞이 깜깜했을 거다. 그렇지만 사람이 하는 일에는, 마음을 다하고 최선을 다하면 안 되는 일이 없다는 걸 그날 공항에서 우리는 증명해 보였다. G와 S 씨, 로이스의 민첩한 대처로 14명의 비자를 공항 피시방에서 3시간 만에 발급받은 것이다. 나는 이번 여행 전에 이미 비자를 취득한 상태였고, 다른 한 분은 공항에서 사무실 직원에게 이야기해 비자를 발급받았다. 사람이 죽을힘을 다하면 하늘이 돕는다는 말도 맞는 말이다. 비행기 청소가 덜 돼 출발이 한 시간 늦춰지는 천우신조라니! 정시에 출발했으면 우리는 공항 청사에서 날아가는 비행기를 바라볼 수밖에 없었을 거다. 비자가 발급되어 보딩패스를 받는 순서대로 출국 심사를 거쳐 머나먼 에어캐나다 탑승구까지 전속력으로 달려야 했다. 출발부터 이런 심장 쫄깃한 스릴이 시작되다니! 일행 모두 무사히 비행기에 탑승하고 서서히 비행기가 움직이기 시작하자 비로소 팽팽하게 당겨져 있던 긴장이 풀렸다. 동시에 쿠바에서는 또 어떤 일이 기다릴지 설렘과 기대가 샘솟기 시작했다. 그 와중에 누구 한 사람도 불평하거나 언짢은 기색이 없다니! 이들은 어떤 사람들일까? 함께 가는 일행에 대한 호기심이 일기 시작했다.

한국에서 27일 오후 6시 30분에 토론토를 향해 날아올랐는데, 토론토에서 다시 아바나로 날아오른 시간이 27일 오후 7시다. 지구가 자전한다는 사실을 몸으로 체험한다. 이것 역시 여행의 묘미. 17시간 하늘을 날며 오래전 브라질에서 읽었던 체 게바라 평전을 다시 읽었다. 청년 에르네스토가 혁명가 체 게바라가 되어가는 과정을 따라가면서 떠오르는 생각 하나,

'50년대는 그런 혁명가가 필요한 시대가 아니었을까?'

정복자들의 세상이었던 대항해 시대. 그 야만의 시대를 지나 자본주의가 태동한 근대를 거쳐 이제 막 자본이 세상을 지배하기 시작한 현대의 초입은 식민지와 자본의 억압에서 벗어나려 몸부림치던 혁명의 시대였다. 이전에 읽을 때 보이지 않던 것을 발견하는 것, 반복해 읽는 책 읽기의 즐거움이다.

토론토에서 다시 신경질적인 세관원의 통관 물품 심사를(보통

트랜스 할 때는 면세 구역에서 구매한 물건은 비닐 포장을 뜯지만 않으면 그냥 통과인데 캐나다 세관원은 밀봉된 비닐을 다 뜯어서 안의 내용물을 일일이 뚜껑까지 열어 검사하고 통과시켰다.) 거치느라 필요 이상의 신경전을 벌이고 3시간 30분을 날아 아바나에 도착한 시간이 밤 10시 30분쯤. 이미그레이션을 통과한 후 짐을 찾는 컨베이어벨트 앞에서 인천공항 면세점에서 구매한 화장품을 비행기 선반에 두고 내린 걸 알았다. 일행들에게 내 가방을 내려 달라 부탁하고 로이스와 출입국 심사대, 세관 심사대, 항공사 오피스, 공항 직원 등 아바나공항 여기저기를 미친 듯 뛰어다녔다. 시간은 벌써 자정이 가까워지고 해외에서 물건을 가져와 파는 쿠바의 보따리 장사들이 세관 심사를 받기 위해 난장판을 이루고 있는 공항에서 나는 머리를 쥐어박았다.

'사람이 평소 하던 대로 살아야지. 내 주제에 무슨 면세점의 고가 화장품이라고!'

망설이고 망설이다 큰맘 먹고 기초 화장품 풀 세트를 거금 주고 구매했는데, 뚜껑 한 번 열어 보지 못하고 잃어버렸으니. 캐나다 세관원의 필요 이상으로 신경질적인 행동에 대한 불쾌한 기억을 지우려 내가 무의식적으로 물건까지 지워 버렸던 걸까? 너무 한심한 자신이 쉽게 용서가 안 됐다. 수소문해 보니 분실물은 타고 온 항공사에서 취합해 다시 출발해 온 공항으로 보낸단다. 에어캐나다 사무실을 찾아가 보니 문을 닫았다. 내일 일찍 사람을 보내든지 직접 가 보는 수밖에 없었다. 하지만 되찾는 건 거의 불가능한 상황 같았다. 분실물 신고서 한 장 적을 수 없는 상황인데 누가 취득해서 안 주려 맘먹으면 그만이다. 아바나공항 3층. 항공사 사무실과 카페가 자리 잡은 어두운 라운지를 맥 빠져 걸어 나오는데, 누군가 우리를 부르며 다가오고 있었다. 그의 손에는 내가 두고 내린 면세품 비닐 패키지가 들려 있었다.

"꺄아아악~~~~~!"

돌아가신 친정아버지가 살아오신 것처럼 반가웠다. 황망한 얼굴로 뛰어다니던 두 여자가 소리를 지르며 반기는 모습이 땀 흘리며 우리를 찾아다녔던 그의 수고에 대한 보상이 되었던 듯. 그는 우리보다 더 기뻐하며 들고 있던 패키지를 건네주었다.

"분실물 신고서보다 우위에 있는 인간의 선한 의지 만세!"

감사 인사와 감격의 포옹! 국적도 성별도 잠시 잊는다. '로베르토'라는 이름의 남자. 항공사 직원인지, 공항 직원인지 물어보지도 못했다. 무언가 감사를 전하고 싶은데 마땅한 게 없다. 메고 있던 가방을 뒤지니 접이식 손부채가 나온다. 후배가 만들어 준, 한 번도 쓰지 않은 부채였다. 당신의 수고에 감사드리는 내 마음이라며 극구 만류하는 그의 손에 쥐여 주고 기념 촬영까지. 그 와중에 로베르토는 내게 결혼했는지, 안 했는지를 묻는다. 하여튼 이놈에 '못 말릴 매력'이라니!(이건 사실 이번 여행하면서 우리 일행들이었던 영 레이디들의 표현이다.) 아바나와의 첫 만남을 이렇게 잊을 수 없는 해프닝으로 시작하다니!

Mucho gracias! (대단히 감사합니다!)

Hola La HABANA! (안녕 아바나!)

공항의 로베르토

아바나

오늘은 종일 쿠바의 수도 아바나를 체험하는 날이다. 그 중심에 헤밍웨이가 있다. 짙은 카리브 물빛을 닮은 청남색 블라우스와 흰 마직 바지로 헤밍웨이를 만나는 예의를 갖췄다. 날씨는 쾌청하고 온도는 조금 높은 듯. 겨울 왕국에서 하루 비행기를 타고 날아오니 여름이다. 최강 문명의 이기!

멕시코 만류에서 조각배를 타고 홀로 고기잡이하는 노인. 여든 날하고도 나흘이 지나도록 고기 한 마리 낚지 못한 살라오.(스페인 말로 가장 운이 없는 사람이란 뜻이다.) 바다는 그에게 언제나 큰 은혜를 베풀어 주거나 빼앗기도 하는 라 마르La mar였다. 그 살라오 노인과 우정을 나누는 소년이 살던 마을의 무대가 된 코히마

코히마르 마을 해변

르Cojimar 마을을 거쳐 그가 소설가로 성공한 뒤 아바나 외곽 지역의 작은 마을에 저택을 구매해 살았던(지금은 헤밍웨이 박물관이 되어 있다.) 핀카 비히아Finca Vigia 마을, 《누구를 위하여 종은 울리나》를 집필했던 암보스 문도스 호텔AMBOS MUNDOS HOTEL 등을 둘러보며 헤밍웨이를 만나는 일정이다.

나는 코히마르에 가서 청새치를 잡으러 쪽배를 타고 멕시코 만류가 흐르는 바다로 나가는 노인을 만나 보고 싶었다. 바닷가 한 구석에 한 점으로 앉아 하염없이 바다를 바라보리라 계획했다.

코히마르에는 바닷가에 헤밍웨이 흉상이 있었다. 마을 사람들이 십시일반 돈을 걷어 세운 거란다. 관광객들이 오면 주로 그곳에서 사진을 찍는 사진 포인트였다. 먼저 사진부터 찍고 바다를 느끼려고 했는데

……

…….

그걸로 끝이었다!

가난한 거리의 악사 두 명이 기타를 치며 노래를 부르기 시작하자, 내 계획은 멕시코 만류를 타고 플로리다 해협으로 날아가

코히마르 바다를 바라보는 헤밍웨이 흉상

고 말았다. 마을 입구 기념품 가게에서 마라카스를 구매한 로이스가 그걸 흔들며 춤을 추자 나도 어느새 그 속에 들어가 막춤을 추고 있었다.

헐거워진 이성의 고리.

여행은 그런 것!

우리 일행은 첫 단추인 코히마르부터 춤과 노래로 여행의 문을 열었다. 노인과 바다를 만나려던 내 계획은 날아갔지만, 빛바랜 셔츠를 입고 즐겁게 노래하던 두 사람의 낡은 플라스틱 바가지엔 자식들에게 꼭 필요한 하루치 양식을 살지도 모를 값이 담겼으니 그걸로 된 거다. 인생이란 본시 계획대로 되지 않는 거. 그것을 깨우치는 것도 여행의 묘미 아니던가.

실체보다 잘나 보이고 싶은 욕망은 인간 본연의 감정이다. 끊임없이 자신을 살피고 성찰하지 않으면 그 욕망에 휘둘리는 건 어쩌면 당연한 일인지도 모른다. 하드보일드 문체의 대가로 불리는 헤밍웨이. 고전의 반열에 오른《무기여 잘 있거라》,《누구를 위하여 종은 울리나》와 더불어 그에게 노벨문학상을 안겨 준《노인과 바다》까지. 그가 남긴 작품들은 이제 그를 신화적인 작가의 자리에 올려놨다. 그의 문학을 사랑하는 사람이라면 누구나 헤밍웨이가 사랑했던 쿠바를 기억하고 그곳을 동경하지 않았을까?

그가 머물렀던 아바나의 곳곳은 이제 관광 명소가 되어 그를 소비하고 있었다. 암보스 문도스 호텔 511호 방과 그가 살았던 핀카 비히아 마을의 집에는 타자기. 책상, 의자, 방과 침대와 옷, 여행 가방과 요트 등 그가 사용했던 모든 물건이 전시되어 있었다. 헤밍웨이가 자주 갔던 카페에는 그가 즐겨 앉았던 자리에 그가 앉았던 모습 그대로 실물 크기의 동상을 앉혀 놨더라는! 그 동상을 보러 여행객들이 문전성시를 이루고 카페 안은 발 디딜 틈도 없었다. 그의 시각으로 카페 안을 둘러보며 모히토 한잔 마신 것도 재밌는 추억이 되었다.

헤밍웨이는 미국인이지만 미국보다 쿠바에서 그를 더 잘 활용하고 있었다. 쿠바에서 노벨문학상을 받게 되는 작품을 썼으니 가난한 쿠바가 그를 관광 상품으로 내세우는 건 공평한 일이 아닐까 싶지만, 노벨문학상 수상 소감을 말할 때 "나의 노벨문학상은 내가 사랑하는 쿠바와 쿠바 국민의 것"이라고 말할 만큼 그는

암보스 문도스 호텔의 헤밍웨이가 묵었던 방과 그가 사용했던 타자기

쿠바를 사랑했다.

지금은 박물관이 된 그의 집 안을 장식하고 있는 박제된 동물들의 머리를 보면서 한때 부와 힘을 과시하는 유행도 참 야만스러웠구나 싶었다.

낚시와 사냥을 좋아했고, 자신이 사냥한 동물로 집 안을 장식했던 헤밍웨이. 어쩌면 그는 허세 부리기 좋아하는 가장 인간적인 면모를 지닌 사람이 아니었을까 싶다. 그래서 불굴의 인간 의지를 동경했고 강인한 남성상 등을 문학으로 그리지 않았을까?

문명의 세계를 속임수로 보고 인간의 비극적인 모습을 간결한 문체로 묘사한 20세기 대표 작가 헤밍웨이와 20세기 가장 완벽한 인간 체 게바라, 혁명의 인물 피델 카스트로, 쿠바의 영혼 호세 마르티, 내가 지금 발 딛고 있는 이 땅에서 한 시대를 풍미하며 살다 간 인물들이다. 시와 소설로, 혁명으로, 전투로, 자신의 이상을 실현한 위대한 사람들. 성공한 혁명으로 마지막 순간까지 영광을 누린 사람도 있고 성공을 미련 없이 버리고 산속으로 들어가 미완의 혁명을 꿈꾸다 그 땅에 피 흘리며 죽은, 그리하여 죽음으로써 저항의 아이콘으로 영원히 살아남은 사람. 쿠바가 전 세계 수

많은 사람을 불러 모으는 매력은 바로 이런 인물들의 이야기가 아닐까?

아바나는 낡은 도시다. 도시의 형태와 건물은 대부분 스페인 식민지 때 지어진 것으로 스페인풍이다. 1950년대, 우리나라는 육이오 전쟁의 폐허 속에서 구호품으로 연명하던 때였고 미국은 유럽인들을 몰아낸 남미에서 경제적 수탈을 하던 때였다. 그때 미국인들이 얼마나 호사를 누렸는지 그들이 타고 다녔던 차와 그들이 살았던 집들을 보면 짐작이 간다. 피델이 혁명에 성공한 뒤, 쿠바 땅의 미국 자본을 동결시키고 미국인들을 몰아내자, 그들이 타고 다녔던 차도 쿠바 땅에 고스란히 남게 된다. 호사가들이 보면 군침 흘릴 호화롭기 그지없는 엔틱 차들은 이제 쿠바의 독특한 관광 상품이자 지독한 매연을 뿜어내는 공기 오염의 주범이 되어 있다.

대항해 시대 정복자들은 그 땅에 살고 있던 인디오들의 흔적을 단 한 톨도 남기지 않고 싹 쓸어 버렸지만, 그들이 지닌 리듬감만은 지우지 못했다. 아니다. 지닌 게 아니라 인디오들의 DNA에

아바나 시내

새겨져 있었으니, 정복자들도 어찌하지 못했겠지. 인디오들과 노동력이 필요해 데려온 아프리카의 리듬과 정복자들의 리듬이 뒤섞여 새롭게 탄생한 라틴 음악. 그 중심이 쿠바의 살사다.

점심을 먹은 식당에서부터 살사 축제는 시작되었다. 여행 내내 가는 곳마다 노래와 춤이 있었다. 화려한 무대에서 스포트라이트와 환호를 받으며 하는 연주와 노래가 아니라 일상의 곳곳에서 노래 부르고 춤추는 사람들. 그들에게 음악은 들숨이고 춤은 날숨이었다. 가난과 궁핍도 훼손하지 못한 그들의 낙천성. 삶을 노래하고 사랑을 찬미하는 수많은 쿠바노와 쿠바나의 매력은 그들의 가난한 삶까지 반짝이게 했다.

저녁에는 몸치인 내가 아바나 시내에 있는 살사 강습소에서 두어 시간 살사 춤을 배웠다. 살사 춤을 익힌다기보다 쿠바까지 왔으니 한번 그 리듬에 젖어 보는 것도 여행이 주는 즐거움이지 않겠는가. 첫날부터 나를 사로잡은 쿠바의 매력! 나는 조금의 망설임도 없이 그 매력 속으로 성큼 걸어 들어갔다.

눈으로 보고 즐기는 것도 좋지만 직접 몸으로 부딪쳐 겪어 보는 살사. 스텝은 꼬이고 몸은 엇박자로 버벅거렸으나 살사 리듬

살사 강습소에서 시범을 보이는 강사

에 몸을 맡긴 채 맘껏 웃고 즐겼으니 그걸로 족하지 않은가. 살면서 이런 시간은 쉽게 오는 게 아니니.

산티아고 데 쿠바

아바나에서 새벽 일찍 일어나 공항으로 나갔다. 쿠바 항공기를 타고 쿠바의 동남쪽 '산티아고 데 쿠바'로 이동하는 날이다. 보딩패스에는 좌석 번호가 있었지만, 선착순으로 자기가 앉고 싶은 자리에 앉으면 된단다. 사회주의 국가에 이런 자유분방함이라니! 거기다 기내에서 제공한 커피는 여태 마셔 본 어떤 에스프레소보다 맛나고 향기로웠다. 한 잔 더 청하고 싶었지만 사회주의 국가에서 그러면 안 될 것 같아 참았는데 두고두고 아쉽다. 나는 왜 이렇게 작은 것에 발목 잡히는지. 산티아고에 내리니 멀리 보이는 숲에 안개가 자욱하다. 오늘도 맑고 청명한 날씨가 이어질 것 같다.

피델과 체가 멕시코에서 그란마호를 타고 와 처음 상륙한 도시. 그때는 작은 어촌이었겠지. 도심의 중앙 광장에 있는 숙소 까사 그란다 호텔 옥상에 올라 풍경을 바라본다. 하늘은 푸르고 솜뭉치 같은 흰 구름이 더없이 평화롭게 떠간다. 바로 앞의 항구에는 거대한 크루즈선이 정박해 있다. 산티아고 데 쿠바는 아바나보다 활기차 보이는, 바다와 마주 보는 아름다운 도시다.

혁명의 시초가 된 몬카다 병영, 사탕수수로 만든 최고 수준의 럼이 생산되는 도시, 아름다운 산티아고 데 쿠바 대성당, 호세 마르티, 피델 카스트로, 꼼빠이 세군도가 잠들어 있는 이피헤니아 국립묘지, 세계 문화유산이 된 모로 요새 등 쿠바의 제2 도시답게 산티아고 데 쿠바에는 볼 것도 역사도 풍부하다. 그러나 나는 산티아고 데 쿠바에서부터 체 게바라에게 깊이 빠져들기 시작했다.

아바나에서는 보이지 않던 산이 여기에서부터는 해안선을 따라 긴 산맥을 이루며 눈에 들어왔다. 모로 성에서 마에스트라산맥을 보고부터 내 가슴은 먹먹해지기 시작했다. 흰 띠처럼 포말이 부서지는 저 해안 어디쯤 체와 피델은 그란마호를 타고 상륙했겠지. 작전 누설로 땅에 발도 딛기 전부터 정부군의 공격을 받

아름다운 도시 산티아고 데 쿠바

산티아고 대성당과 시내 풍경

BANCO NACIONAL DE CUBA

고 패잔병이 되어 숨어들었을 저 산! 산티아고에서 바라코아로 넘어갈 때 나는 체의 눈길과 가슴으로 그 산을 넘었다.

'베레모를 쓰고 총을 든 혁명가 체가 저기 어디쯤 지나갔을지도 몰라.'

'저기 보이는 저 농가에서 체가 식량을 얻고 잠시 쉬어 갔을 수도 있었을 거야.'

깊고 험한 산을 굽이굽이 돌아가며 나는 체의 자취를 더듬었다. 울창한 숲이나 바위 동굴 속에서 허기를 견디며 수없이 많은 죽음을 마주했을 체. 천식 환자였던 그가 모기와 독충을 견디며 게릴라 생활을 지속할 수 있었던 동력은 무엇이었을까?

"이전에는 낯설고 멀게만 느껴졌던 또 다른 인류에 점점 가까워지는 느낌."

"상황이 달랐다면 어떻게 되었을까?"

"길에서 지내는 동안 무슨 일인가 일어났어. 생각이 필요해."

"난…… 더 이상 내가 아니다. 과거의 나와 같은 난 없다."

남미 일주 여행 중 다이어리에 적힌 그의 생각들이다. 독재와 자본의 수탈로 피폐해진 서민들을 만나고, 위기와 굶주림에 지쳤을 때 가난한 농부들에게서 받았던 도움, 육신이 문드러져 가는 나병 환자들을 만나면서 그는 점점 새로운 인간으로 바뀐다.

여행은 이렇게 한 사람의 운명을 바꿔 놓기도 하는구나!

그래도 단지 그것뿐이었을까?

인간에 대한 순정한 사랑?

새로운 세상을 만들겠다는 신념?

모르겠다.

한 위대한 인간의 속마음을 나 같은 사람이 어찌 알 수 있을까! 자신의 신념을 따라 살다 성공한 혁명을 뒤로하고 다시 볼리비아의 혁명군이 되어 정글 속에서 서른아홉의 삶을 마감한 체. 그 결과 영원한 삶을 얻은 체.

아니다.

얻은 것이란 말은 적확한 표현이 아니다. 그는 누가 시켜 개혁과 혁명의 삶을 선택한 것도 아니며 자기 죽음이 사람들에게 영원히 기억될 거란 걸 알고 그렇게 살았던 것도 아니었다. 그는 그

저 자신의 신념에 따라 자신의 삶을 살다 갔을 뿐인 거다. 아무것도 계획하지 않았고 계획하지 않음으로써 인간의 의지나 노력으로는 얻을 수 없는 것을 그는 이루어 낸 것이다.

혁명이란 그런 것 아닐까?

하루에 한 권의 책을 읽고, 한 페이지의 글을 쓰고…….

이런 건 혁명이 아니다.

혁명하기 위한 노력을 하는 건 진정한 혁명이 아니다.

그렇게 하지 않으면 못 견디는 것.

그래서 할 수밖에 없는 것.

그런 것이 혁명인 것이다.

체의 도시인 산타클라라에 세워진 하늘을 찌르는 웅장한 체의 동상은 내 가슴을 뛰게 했지만, 바라코아에서 다시 산티아고로 넘어올 때 산속에서 발견한 조그만 체의 동상은 내 가슴을 미어지게 했다.

"Hasta la Victoria Siempre!" (영원한 승리의 그날까지!)

산속 그의 조그만 동상 아래 적힌 글귀.

쿠바의 도시 곳곳에서 볼 수 있는 글이었지만 시에라 마에스트

피델이 혁명의 성공을 선포한
산티아고 데 쿠바 시청의 2층 테라스

라 산속 초라한 동상 아래 적힌 이 글귀는 1퍼센트도 미화되지 않은 진정한 그의 신념과 모습을 보는 것 같아 더 깊은 감동을 불러일으켰다.

시공을 넘어 영원한 삶을 살게 된 체 게바라! 사르트르가 말한 20세기 가장 완벽한 인간! 그가 혁명가이기만 했다면 그렇게 매력 있었을까? 그는 전투 중에도 글을 썼으며 틈날 때마다 시를 읽으며 사랑하는 사람에게 편지를 쓴 남자였다.

거기다 그는 어쩌면 그리도 잘 생겼단 말인가!

혁명군의 아지트
시에라 마에스트라산맥

쿠바의 남동부에 있는 시에라 마에스트라산맥은 길이 130km, 폭 50km에 달하는 야생 산악 지대다. 그란마호의 혁명군 82명 중 살아남은 12명은 시에라 마에스트라산맥 해발 970m에 게릴라 사령부를 만들고 3년 동안 게릴라전을 펼치며 혁명을 완성했다. 그들이 혁명을 성공시킬 수 있었던 건 피델과 라울, 카스트로 형제와 에르네스토 체 게바라, 카밀로 시엔푸에고스 같은 위대한 전사들의 힘도 컸지만, 농민들의 협조가 절대적이었다. 농부들은 산속 게릴라들에게 쌀과 우유, 의약품 등의 보급품과 함께 도시에서 소식을 갖다 나르는 등 실질적 지원으로 진정한 혁명의 모태 역할을 했다.

모로 성에서 바라본 산타클라라 해안선과 시에라 마에스트라산맥

12명의 혁명군은 단 7정의 총으로 게릴라 활동을 시작해 산에서 지원병을 모으고 바티스타 정부군을 습격해 무장을 늘려나갔다. 그 가운데 체는 〈쿠바노 리브레〉라는 지하신문과 〈라디오 레벨데〉라는 반군 라디오를 창설해 선전 기관으로 활용했다. 체는 치밀하고 조직적인 방법으로 혁명의 당위성을 퍼트렸다. 그가 독수리 타법으로 낡은 타자기를 두드려 만든 〈쿠바노 리브레〉는 혁명적 사상과 신념을 담은 신문이었다. 사람들은 신문을 옷 속에 숨겨 아바나까지 날랐다. 해발 1,080m 산꼭대기에 있는 〈라디오 레벨데〉는 체 게바라가 맡아 처음 방송을 시작했는데 출력이 세서 쿠바 전역과 베네수엘라를 비롯한 남미에서도 들을 수 있었다고 한다. 〈라디오 레벨데〉는 혁명의 새로운 무기였다. 혁명의 목소리를 자세히 전하면서 후방에서 적극적인 파업과 납세 거부 운동을 끌어냈다. 바티스타의 폭정과 지속적인 잔학 행위는 〈라디오 레벨데〉를 통해 낱낱이 폭로되었고, 쿠바 민중의 분노는 혁명의 동력이 되었다. 피델은 그런 체를 보고 '게릴라전의 예술가'로 불렀다.

산타 이피헤니아 국립묘지

국립묘지와 관광은 조금 어색한 조합이다. 여행 중에 유명 작가나 화가, 음악인 등 예술가의 생가나 묘지를 방문하는 건 흔히 있는 일인데 그 나라 전쟁 영웅이나 정치인들이 잠들어 있는 국립묘지까지 방문한다는 건 어쩐지 서걱거린다. 그러나 쿠바의 산타 이피헤니아 국립묘지는 다른 나라의 국립묘지와는 다른 독특한 볼거리를 선사한다. 일률적이지 않고 다양한 형태의 묘지도 눈요기가 되지만 하늘을 찌르듯 높게 자란 빨마나무가 흰 구름을 머리에 이고 푸른 하늘을 향해 손 흔드는 풍경은 그 자체만으로도 아름다워 찾아볼 만한 가치가 있다.

쿠바의 아이들은 호세 마르티의 시와 문장을 외우며 자란다.

일생을 '독립과 평등'에 바친 호세 마르티의 이상은 쿠바인들에게 그대로 이어져 그는 지금도 쿠바의 정신적 지주로 살아 있다. 그의 육신이 잠들어 있는 묘는 유언에 따라 빛이 듬뿍 내리쬐게 지붕이 뚫린 형태로 지어졌다. 묘 안에는 호세 마르티의 동상이 위에 앉아서 아래 놓인 자신의 관을 내려다보고 있다. 형상으로 남은 동상이 잠든 육신을 바라보는 느낌이랄까. 호세 마르티의 묘 옆에 하나의 바위로 남은 피델 카스트로의 묘. 피델은 평생 삶의 등불이 되어 주었던 호세 마르티 곁에서 영원한 안식을 얻고 싶었던 것 같다. 반구 형태로 잘라 놓은 육중한 바위는 성공한 혁명으로 50여 년간 쿠바를 통치했던 지도자의 묘라고 하기에는 놀랄 만치 단순하다.

산타 이피헤니아 국립묘지에서 빠트리면 안 되는 묘지가 하나 있는데 바로 '꼼빠이 세군도' 묘다. 꼼빠이 세군도는 1999년 독일 영화감독 빔 벤더스에 의해 만들어진 다큐멘터리 영화 〈부에나 비스타 소셜 클럽〉을 본 사람들이라면 그를 쉽게 떠올릴 수 있다. 영화를 안 본 사람이라도 노래 '찬찬'은 들어 봤을 거다. 쿠바에 가면 그의 대표곡 '찬찬'을 귀에 피가 날 정도로 듣게 된다. 한

호세 마르티의 동상이 아래 놓인 자신의 관을 내려다보고 있다

호세 마르티 묘 옆의 피델 카스트로의 묘

국 사람들이 유독 그의 '찬찬'을 좋아한다는 걸 쿠바의 뮤지션들도 아는 듯하다.

넓은 사각형의 조형물에 청동으로 만든 활짝 핀 장미 송이가 줄지어 있고 그 가운데 세워진 기타와 기타 꼭대기에 모자가 걸쳐져 있다. 그가 연주했던 기타와 썼던 모자이리라. 그 아래 "꽃만큼 살다 가다."라고 쓰여 있다. 그가 살다 간 나이만큼의 장미 송이. 묘비를 보며 그의 나이를 한번 세어 보는 어떨까?

쿠바의 정신적 지주 호세 마르티는 사람의 의무 세 가지로,

나무를 심을 것,

아이를 낳을 것,

책을 쓸 것을 꼽았고

꼼빠이 세군도는 이렇게 말했다고 한다.

"난 그 세 가지를 다 이뤘어요. 인생을 살면서 내가 이룬 모든 것에 만족해요. 사랑이 없으면 꽃이 시들고 입맞춤이 없으면 사랑이 식어요."

묘비의 장미가 그냥 장미가 아니었다.

관타나모와
새해를 준비하는 쿠바인들

산티아고 데 쿠바에서 출발해 쿠바의 동쪽 끝 도시 바라코아로 넘어가는 길에 관타나모에 들렀다. 새해를 앞두고 모든 회사가 쉬고 거리는 사람들로 활기가 넘쳤다. 새해를 준비하느라 가게 앞에는 물건을 사려는 사람들로 장사진이다. 가게 규모가 워낙 작으니 물건 종류나 양도 많지 않아 보인다. 자기가 원하는 물건을 사기 위해 사람들은 상점 앞에 줄 서서 몇 시간이고 기다려야 한다. 누구 하나 불평하는 사람이 없다. 거리에는 집에서 만든 케이크를 들고 가는 사람들도 더러 보인다. 산티아고 데 쿠바에서 관타나모까지 오며 지나친 시골 마을에서는 쿠바인들의 새해 음식인 통돼지 바비큐를 하려고 돼지를 잡아 털을 벗기는 모습도

새해를 앞두고 식료품을 사기 위해 가게에 모여든 사람들

관타나모 거리 풍경

보였다.

거리에는 차와 오토바이가 지나다니는 소리가 시끄럽고 매연도 심하다. 그래도 저마다 예쁘게 꾸민 여성들이 모여 이야기를 나누고, 아이들은 뛰어다니며, 잔뜩 허세를 부린 남자들은 웃는 얼굴로 거리를 어슬렁거리고 있다. 소란스럽고 홍성거리는 분위기 때문이었을까? 그날 우리는 관타나모에서 잊을 수 없는 추억을 만들었다. 점심을 먹으러 들린 호세 마르티 호텔(쿠바에는 길, 식당, 호텔, 가게 등 온갖 것에 호세 마르티의 이름을 붙여 놨다.) 레스토랑에 손님은 우리뿐이었다. 여기서도 어김없이 뮤지션들이 나와 노래를 불러 주었다. 관타나모의 보컬은 여태 다녔던 식당, 카페의 뮤지션 보컬 중 가창력이 최고였다. 성악을 전공한 듯한 목소리를 지닌 그를 우리는 관타나모의 파바로티라고 불렀다. 그가 부른 노래 중 죽어서 비둘기가 된 남자가 사랑하는 여인의 창가에 앉아 꾸꾸루꾸꾸 운다는 내용의 '꾸꾸루꾸꾸 팔로마'는 절창 중의 절창이었다. 다른 노래들도 어찌나 흥겹게 부르는지 그냥 앉아 있을 수가 없었다. 쿠바노의 열창이 머나먼 한국에서 온 여행객의 이성을 순식간에 풀어헤친 것이었다. 밥 먹다 모두 일어나 같이 노래 부르고 춤추며 얼마나 신나게 놀았는지! 호텔 종업원과 주방 직원은 물론이고 지나가던 손님도 우리와 함께 어울려 어깨동무를 하고 테이블 주위를 돌며 춤추고 노래했던 그 시간! 정말 잊을 수 없는 흥겨운 시간이었다.

미국의 관타나모 해군 기지는 관타나모 시의 만에 자리 잡고 있다. 관타나모 기지 자체는 쿠바 영토에 속하지만, 미국의 통치를 받는다. 법은 쿠바 법도 미국 법도 아닌 군법이 적용되고, 미 해군 대령이 기지 사령관으로 근무하고 있다. 면적은 약 160㎢로 항만 시설과 공항 활주로까지 설비돼 있다고 한다. 그 땅을 사용하는 비용으로 미국은 쿠바에 매년 4천 달러를 지급한단다. (1903년 영구 임대 조약 당시 정한 금액) 혁명 후 카스트로는 그 돈을 받지 않고 반환을 요구했지만, 미국이 그리 쉽게 내놓을까? 관타나모 해군 기지에는 인권 유린으로 국제 뉴스를 장식한 관타나모 수용소가 있다. 미국은 관타나모 수용소에 알카에다, 탈레반 조직원 등 포로를 수용시켰는데 아프가니스탄과 이라크에서 알카에다나 탈레반 조직원이라고 오해받은 선량한 민간인들도 그저 무슬림이란 이유만으로 수용시켜 가두고 인권을 유린한 것으로 유명한 장소가 되었다.

관타나모 하면 또 하나 떠오르는 노래가 있는데 노래 제목도 '관타나메라'다. 우리에게 노래 '아리랑'이 있다면 쿠바인에게는 '관타나메라(관타나모의 여인)'라는 노래가 있다. 노랫말은 호세 마르티의 시집 《소박한 노래》에 수록된 여러 편의 시에서 한 연씩 따와서 만든 가사에, 스페인 출신 작곡가 훌리안 오르본이 작곡한 노래라고 한다. '관타나메라'는 수많은 뮤지션이 불렀으며 쿠바인이 지금도 사랑하는 국민 노래다.

쿠바 땅에 자리 잡은 '관타나모 미 해군 기지'와 노래 '관타나메라.

쿠바노의 열창에 감성이 말랑말랑해진 나그네는 상반된 두 주제를 떠올리며 이제는 마음이 착잡했다. 관타나모에 가서 '관타나메라' 노래를 흥얼거릴 때, 꼭 호세 마르티의 시집 《소박한 노래》를 한번 읽어 보시라.

콜럼버스가 처음 발을 디딘 땅
바라코아

산티아고 데 쿠바에서 시에라 마에스트라 산줄기를 이루고 있는 높고 깊은 아름다운 산을 넘어 쿠바의 최남단 도시 바라코아로 왔다. 오는 길에 관타나모 해군 기지가 자리 잡은 관타나모만은 말로네 전망대에서 바라만 보고 지나왔다.

산티아고에서 바라코아로 넘어오는 산은 세계 최고의 품질을 자랑하는 카카오와 유기농 쿠바 커피 생산지란다. 산 정상 전망대 근처에서 나뚜랄레 화장실(자연 그대로의 지형지물을 이용한 화장실을 우리는 그리 불렀다.)을 이용할 때였다. 전망대에서 산 아래 풍경을 감상하고 있는 우리를 발견하고 그 지역 농부들이 몰려왔다. 남루한 차림의 그들은 카카오 기름, 커피, 카카오 가루로 만

시에라 마에스트라 산속에서 관광객들에게 카카오환과 커피를 파는 농부들

든 염소 똥 백 개 정도를 뭉쳐 놓은 크기의 환(어디에 어떻게 쓰는지 알 수 없는) 등을 들고 와 팔았다.

지나오고 난 뒤에야 그들이 파는 커피가 귀한 유기농 커피라는 걸 알고는 좀 더 사 올걸! 땅을 쳤지만……. 포장된 것만 보면 정말 손이 가지 않았다. 하지만 우리를 바라보는 그들의 간절한 눈빛에 이끌려 저절로 지갑을 열 수밖에 없었다.

비닐봉지에 조악하게 담긴 그 커피가 가격 대비 최고의 맛을 지니고 있다는 건 집에 와 마셔 보고야 알았다. 쿠바 커피는 애호가들 사이에서 100% 유기농 커피로 귀하게 대접받는단다. 커피 생산지를 지나며 귀한 쿠바 커피까지 미안할 정도의 싼값에 살 수 있었으니 그것도 행운 아닌가. 거기서 산 빨간 바나나는 또 얼마나 맛있던지. 한 송이 사서 숙성시키느라 사흘간 차 안 선반에 얹어 두었다 나눠 먹었는데 정말 달고 맛있었다.

콜럼버스가 쿠바에 첫발을 디뎠다는 바라코아는 쿠바의 동쪽 끝 북대서양의 거친 파도가 밀려오는 바닷가에 자리 잡은 도시다. 그가 처음으로 닿은 해안가에는 허리 위까지만 땅 위에 드러난, 마치 땅속에서 솟아 나온 것 같은 형태의 커다란 콜럼버스 동

콜럼버스의 동상

상이 있다. 오래전부터 그 땅에 뿌리내려 사는, 엄연히 주인이 있는 땅에 신의 이름으로 세례를 한 다음 자기 나라 왕의 땅이라 선포하면 자기들 땅이 되었다니! 미지의 세계를 향해 나아갔던 개척 정신이야 높이 사겠지만, 그게 원주민들에겐 살육과 약탈의 시작이었으니 얼마나 야만적인 역사란 말인가! 역사는 항상 승자의 손으로 기록되었으니. 살육과 약탈의 처절한 고통 속에서 흔적도 없이 사라진 인디오들을 생각하며 잠시 숙연해졌다.

바라코아는 정말 예쁘고 아름다운 도시였다. 아바나와 멀리 떨어진 지리적 여건도 있었겠지만, 관광객들의 발길이 잘 닿지 않는 도시는 깨끗하고 정갈했으며 사람들의 미소도 더 순박하게 느껴졌다. 찍는 곳마다 화보가 될 만치 고색창연하면서도 아름다운 스페인풍의 건물들. 대서양 끝단에서 카리브해로 이어지는 아름다운 바다. 그 바다에서 하루 먼저 새해 해맞이 세레머니를 했던 것도 잊을 수 없는 추억으로 남았다.

바라코아의 콜럼버스 기념 동상에서 원주민인 듯한 남자에게서 기념품을 산 것으로도 바라코아는 내게 잊을 수 없는 도시가 되었다. 세련된 물건에 익숙한 나그네 눈에 비친 쿠바의 기념품

바라코아의 거리와 말레콘

바라코아 마을 집들

들은 선뜻 손이 가지 않았다. 하지만 그가 들고 온 코코아나무로 만든 포크와 주걱은 샐러드를 덜어 먹는 용도로 아주 멋스럽게 쓰일 듯싶었다. 가격도 싸고 부피도 크지 않고 가벼워 선물용으로 안성맞춤이었다.

쿠바의 유기농법

정확히 기억나지 않지만, 오래전 쿠바의 유기농법에 대한 글을 읽고 나는 꼭 쿠바를 가 보고 싶은 열망을 지니게 되었다. 도심 근처의 농장과 도심의 건물 옥상과 자투리땅을 이용한 텃밭에서 지렁이를 이용한 유기농법으로 자급자족의 길을 열었다는 쿠바. 쿠바의 유기농법은 흙을 만지며 심고 가꾸기 좋아하는 나의 호기심을 자극하기에 충분했다.

비료는 화공 약품이고 대규모 자본이 점령하고 있는 산업이다.

1898년 쿠바를 점령한 스페인은 미국과 전쟁을 벌이게 되고 전쟁에서 진 스페인은 미국에 쿠바를 양도하고 물러나게 된다. 쿠바 입장에서는 점령국이 스페인에서 미국으로 바뀌었을 뿐 여전히 식민지에서 벗어나지 못한 것이었다. 미국은 사탕수수를 비롯한 쿠바의 풍부한 농산물과 자원을 독점해 자본가들의 배를 불리고 있었는데 1959년 피델 카스트로를 위시한 혁명가들이 미국의 어용 정권이었던 풀헨시오 바티스타의 군사 독재를 무너뜨리고 혁명에 성공하게 된다.

잠깐 샛길로 빠지면, 영화 대부Ⅲ에서 이 순간을 담은 장면이 나온다. 미국의 경제계 거물들을 불러 모아 대통령궁에서 송년 파티를 하던 바티스타 대통령이 혁명군이 혁명에 성공했다는 소식을 듣고는 "지금부터 자기는 대통령직을 내려놓고 혁명군에게 모든 권한을 이임한다."는 성명을 발표하고는 도망치는 장면이 나온다. 파티장은 순식간에 아수라장으로 변하고 쿠바에 투자하기 위해 모여들었던 마이클 콜레오네를 비롯한 미국 자본가들의 탈출이 이어지는데 혼란스럽고 급박했던 당시의 모습을 영화 속 화면을 통해 볼 수 있다.

바티스타라는 어용 대통령을 세워 놓고 쿠바의 모든 경제적 이익을 빨대로 쪽쪽 빨아들였던 미국에게 피델 카스트로의 혁명 정부는 눈엣가시였을 거다. 혁명 정부를 전복시키려는 미국의 집요한 공작이 시작되었고 미국은 쿠바에 대해 외교적, 경제적으로 완전한 봉쇄 정책을 단행했다. 지금 북한을 고립시킨 것처럼. 국제 무대에서 고립무원이었지만 쿠바는 1961년 1월 미국과 수교를 단절하고 주체적인 자주 독립국의 길을 걸어가게 된다.(단절된 미-쿠바 수교는 2014년 오바마 대통령 때 다시 회복된다.)

앞에서 말했듯이 비료는 거대 자본이 개입하는 사업이다. 우리나라도 일제 강점기 때 일본이 비료를 가지고 우리나라 농업을 장악했다는 이야기를 어디선가 읽은 기억이 난다. 경제와 외교 무대에서 봉쇄당한 쿠바는 다국적 기업의 비료를 들여올 수 없게 되자 유기농 지렁이 농법을 택하게 된다. 지렁이는 '지구의 쟁기' 또는 '땅속의 농부'라고 한다. 땅속 깊숙이까지 구멍을 뚫어 공기를 순환시키고 빗물을 통과시키며, 유익한 미생물을 번식시킨다. 게다가 썩은 식물이나 동물을 섭취하여 질소나 칼슘과 같은 식물 생장에 필수적인 영양소를 제공해 주기도 한다.

도심 주변의 공동체 농장과 도심의 옥상과 자투리땅을 이용한 텃밭에서 그렇게 생산된 채소와 먹거리는 이웃 마을과 나누고 교환하며 쿠바는 거대 자본의 손아귀에서 벗어나 스스로 먹고사는

알라마르 농장

채로 흙을 쳐 지렁이 배양토를 만드는 모습

방법을 찾아간다. 바로 공유와 나눔의 공동체를 만든 것이다. 지렁이 농법은 획일적이던 쿠바의 농업 구조를 바꾸어 놓았으며 현재 도시 농업과 유기농의 롤 모델로 우뚝 서게 되었다. 고단한 역사와 성공한 혁명을 쟁취했지만 새로운 희생을 치르며 공유와 나눔의 공동체를 통해 소박한 삶으로 극적인 전환에 성공한 쿠바.

첫날, 헤밍웨이를 만나러 갔던 아바나 외곽에 자리하고 있는 알라마르 농장에서 쿠바의 유기농법을 자세히 살펴볼 수 있었다.

알라마르 농장의 작물들이 뿜어내는 싱싱한 연두와 건강한 초록색은 정말 눈부셨다. 지렁이를 배양하고 있는 틀과 농약 살포 대신 해충을 막는 식물을 밭 주변에 심어 놓는 것도 놀라웠다. 농장 관리인이 '농장의 효율을 높이는 특급 비밀 병기'라며 절대 사진을 찍으면 안 된다며 데려간 곳에는 쟁기를 맨 소 두 마리가 밭을 갈고 있었다. 농약과 비료, 기계를 이용한 대량생산의 넘치는 풍요는 없었지만 모자라고 궁핍해도 거대 자본의 손아귀를 벗어나 자급자족의 삶을 연 쿠바인들의 강한 자존감과 삶의 여유를 엿볼 수 있었던 소중한 시간이었다.

알라마르 농장에서 재배되는 싱싱한 허브

아름다운 가족을 만났던
비란

다음 날은 다시 산을 넘어 산티아고를 지나 피델 카스트로의 생가가 있는 비란을 거쳐 바야모까지 가야 했다. 오늘도 오래 차를 타고 이동하는 일정이다. 연이은 일정에 몸은 지친 신호를 보내오지만, 쿠바의 푸른 하늘과 아름다운 구름, 훼손되지 않고 청정한 자연 풍경은 고단함을 위로해 주고도 남았다.

비란으로 이동 중 잠시 휴식을 위해 쉬었던 바닷가에서 발견한 산호 화석은 놀라움 그 자체였다. 일행과 함께 사진을 찍으며 감청색 맑은 물빛에 감탄했던 그 바닷가에서 우리가 딛고 있었던 커다란 바위들은 모두 오래전 바닷속에 잠겨 있었던 산호초였다. 바닷속 산호가 지층의 융기로 땅 위로 솟아올라 바위가 된 것이

산티아고에서 비란까지 가는 해안길에서 발견한 산호 화석

었다.

상전벽해라던가? 시간은 산을 바다로 만들고 바다를 산으로 만든다더니. 인간 백 년이야 가소로운 시간 아닌가! 놓지 못하고 부여잡고 연연할 게 무엇인가? 나그네는 갑자기 철학자가 된다.

점심을 먹으러 들린 농가에서 쿠바인의 새해맞이 음식을 맛본 건 이날의 하이라이트였다. 설날에 먹는 쿠바인의 가장 대표적인 요리는 돼지를 통째 숯불에 구운 통돼지 바비큐였다. 야콘을 삶은 것 같은 유카, 신선한 채소 샐러드, 갖가지 과일과 푸딩, 꿀, 케이크에 럼주까지. 쿠바의 음식은 향신료나 갖가지 양념으로 조리한 게 아니라 재료 본연의 맛을 살린 심플한 요리가 대부분이었다. 고기나 생선도 그냥 굽거나 튀긴 거지 양념을 해서 조리거나 탕을 만든 거는(수프를 제외하고) 여행 내내 구경할 수 없었다. 구운 돼지껍질이 누룽지보다 더 바싹하고 고소하다니!

4대가 함께 모여 사는 농가. 심한 뇌성마비로 몸이 불편한 시동생까지 함께 모여 사는 그들의 모습에서 60년대까지 존재했던 우리 농촌 공동체의 모습을 발견할 수 있었다. 마당에는 암탉이 병아리를 몰고 다니고, 개는 개대로, 고양이는 고양이대로, 돼

새해맞이 음식의 메인 요리는 통돼지 바비큐였다.

지도 마당 한구석에서 늘어지게 자는 모습이라니! 사람과 동물이 타고난 본연의 모습대로 자연스럽게 어우러져 사는 모습은 신선함을 넘어 감동이었다. 일부의 모습이긴 하겠지만 도시보다는 오히려 농촌으로 갈수록 훨씬 더 풍요롭게 사는 것 같았다. 신자유주의 물결 속에서 무한경쟁의 광풍에 휘말린 자본주의의 대안적인 삶! 섣부른 판단이고 감상적인 생각일 수 있겠지만 '조금 덜 쓰고, 덜 먹고, 불편함을 감수할 용기만 있다면 자급자족할 수 있는 농촌 공동체야말로 거대 자본의 수탈에서 벗어날 수 있는 가장 이상적인 삶의 형태가 아닐까?'라는 생각이 머리를 떠나지 않았다.

그런 차원에서 쿠바의 농가는 내게 이상적인 롤 모델로 보였다. 내가 좋아하는 시인 조향미는 그의 시 〈라오스의 닭〉과 〈이만큼의 자본주의〉에서 벌써 그런 삶을 노래했다.

농가의 닭과 가족들

이만큼의 자본주의
-윈난 샤핑 시장*

조향미

차며 씨앗이며 장신구며 갓 잡은 돼지도 통째로
쪽풀 염색천은 하늘 아래 펄럭펄럭
윈난성 푸른 들판 넘치게 거둬들인 푸성귀며
가위와 보자기 하나뿐인 이발사에
이빨 뽑고 점도 빼준다는 촌로까지
월요일 오전 샤핑 시장은 왁자하니 흥성하다
설설 김 올리는 노천식당 좌판에는 쌀국수에 독한 백주
장꾼들은 밥그릇 들고 먹기에 여념 없다
등짐 진 바구니 가득 자잘한 물건들 떨이해 팔고 나면
상인은 이제 고객으로 이것저것 바구니를 채운다
한 닷새 지치지 않을 만큼만 일해도
일주일에 한 번 열리는 장날마다
한 바구니 지고 와서 신나게 팔고 푸짐하게 사고

모처럼 별식도 사 먹을 만큼 돈 벌어서
비우고 채우고 먹고 먹이고 이렇게 살았으면
왔다 갔다 사진기 들이대는 먼 나라 과객들이야
서로 재미난 구경거리로 보고 말며
두런두런 이웃이랑 바구니 메고
산 아래 정다운 마을로 돌아갔으면
정처 잃고 떠도는 관광객이 아니라
마음 내키면 훌쩍 가벼운 봇짐 지고
가난하고 겸손한 여행자로 행각할 수 있는
이만큼의 자본주의
이정도의 지구 마을이었으면

* 조향미, 《봄 꿈》 110쪽, 산지니, 2017

바야모 행진곡의 도시
바야모

바야모는 조용하고 한적한 도시지만, 쿠바 역사에 중요한 자리를 갖는 도시다. 바야모 행진곡이 쿠바의 국가가 된 걸 보면 바야모의 역할을 미루어 짐작할 수 있다.

무기를 들어라 바야모의 사내들아
조국이 그대들을 자랑스레 지켜보고 있으니
영광스러운 죽음을 두려워 말라
순국은 곧 영생이다

사슬에 묶여 사는 것은

불명예와 치욕으로 사는 것이니
클라리온(나팔의 일종) 소리를 들어라
용감한 자여 서둘러 전장으로!

쿠바의 아버지라고 불리는 세스페데스가 살던 생가가 있는 바야모. 스페인으로부터 독립했지만, 다시 미국이 쿠바를 장악하고 있을 때 세스페데스는 자신의 집에 있던 노예들을 해방시키고 독립운동을 시작했다. 그는 쿠바가 스페인으로부터 독립했을 때 처음 수장이 되었고 그의 아들은 첫 번째 쿠바 대통령이 되었다. 바야모에 있는 그의 생가는 지금 박물관이 되어 있다.

사내들을 전장으로 내몰게 만드는 역사. 침략자에 맞서 피 흘려 이룬 자유.

힘을 가지게 되면 그 힘을 휘둘러 보고 싶은 건 인간의 본성일까? 남의 나라를 침탈해 재화를 쓸어 가고 약자를 억압하는 건 강자의 특권인가? 차이와 다름을 인정하며 공존하는 평화는 인간들에겐 불가능한 일인가? 쿠바의 지난 역사와 우리의 역사까지 겹쳐 여러 가지 생각들이 꼬리를 물었다.

쿠바 국가 바야모 행진곡(뻬루초 피게레도가 작사 작곡한 노래)은
민중가요처럼 애창되다 1902년 국가로 채택되었다.

바야모 거리

십자가의 도시
올긴

마을 가장 높은 언덕에 세워진 흰 십자가가 인상적인 도시 올긴. 올긴은 푸른 하늘 아래 아무런 장식 없이 나무로 만든 심플하고 거대한 십자가 하나가 마을을 내려다보고 있는 조용한 도시다. 유럽의 교회나 성당에서 보는 금박 입힌 화려한 십자가에 익숙한 눈에 올긴의 흰 나무 십자가는 너무 소박해 오히려 더 강렬하게 다가왔다. 마을을 굽어보고 있는 십자가는 마치 이렇게 말하는 것 같다.

"내가 너희를 지켜 줄 테니 아무 걱정 말거라."

삶이 그렇게 단순하지만은 않지만 그런 믿음을 지니고 살 수 있다면 축복이지 않을까? 그런 생각 때문이었을까. 올긴의 푸른

올긴의 가장 높은 곳에 세워진 십자가

하늘에 떠 있는 구름조차 그분의 손길처럼 부드럽게 마을을 감싸고 있는 느낌이 들었다. 올긴의 비옥한 땅에서 생산된 농작물의 작황 상태는 쿠바 경제에도 영향력을 미친다고 한다. 그만큼 올긴의 시민들은 땅의 시혜를 풍부하게 받고 있으니 내 느낌이 틀린 것만은 아니었다.

산티아고 데 쿠바에서 시에라 마에스트라산맥을 넘어서면 동북 쪽에 너른 올긴의 땅이 가장 먼저 나온다. 사탕수수뿐만 아니라 쿠바에서 생산되는 커피, 옥수수, 콩의 대부분이 바로 이곳에서 재배된다. 그래서 시에라 마에스트라산맥에 거점을 정한 쿠바의 혁명군들에게 올긴은 반드시 지켜야 하는 필승의 요지였다고 한다.

피델은 혁명 과정에서 농민들과 연대의 실천을 통해 혁명을 성공시켰다. 혁명군은 영토를 점령할 때마다 농지 개혁 방식과 내용을 농민들에게 직접 알리는데 노력했다. 1958년 10월에는 시에라 마에스트라의 해방구에 대한 토지 개혁법이 선언되어 실제로 농촌 각지에서 개혁이 진행되고 있는 게 쿠바 전역에 알려지게 되었다. 농지 개혁 외에도 혁명군은 교육 시설과 의료 시설을 확충해 복지 서비스를 제공하고자 했고 농민들에게 피해 가는 일이 없도록 엄격한 규율을 정함으로써 농민들로부터 받는 지지에 보답하고자 적극적으로 노력했다. 혁명군의 노력은 정부로부터 수탈당하고 소외된 존재였던 농민들에게 그야말로 색다른 군대로 부각되었다. 혁명군은 농민층과의 이런 혁명적 유대를 통해 시에라 마에스트라를 넘어 도시 지역으로, 더욱 광범위한 계급과 계층에 영향력을 넓힐 수 있는 기반을 마련했고 결국 혁명에 성공할 수 있었다.*

*김수우, 《쿠바, 춤추는 악어》 80쪽, 도서출판 전망, 2015

산티아고 데 쿠바에서 시에라 마에스트라산맥을 넘어서면
동북 쪽에 너른 올긴의 땅이 가장 먼저 나온다.

자전거의 도시
까마구웨이

다시 버스는 200km 넘게 달려 유네스코가 정한 세계 문화유산의 도시 까마구웨이로 향한다. 긴 시간 버스 안에서 탁월한 분위기 메이커 로이스가 저마다 마음에 지닌 이야기를 풀어놓게 이끈다.

마음에 담아 두는 생각이나 느낌은 개인의 것으로 끝나지만 입 밖에 내어 말하면 묘한 힘을 갖는다. 아픔은 치유의 힘을 얻고 기쁨은 배가 되며 어정쩡한 계획은 뚜렷한 형체를 띠고 나타나기도 한다. 말이 주는 힘이다. 우리는 시를 읽고 이야기를 나누며 따뜻한 격려의 박수로 서로를 조금씩 알아 갔다.

새해 첫날이라고 SNS 등에서는 이런저런 인사들이 요란하다.

인터넷이 잘 안 되지만 호텔이나 특정 장소에서는 와이파이가 잡혀 잠깐씩 세상과 소통할 수 있었다.(로밍하지 않았으면 와이파이 카드를 사서 사용할 수 있다.) 가족이 모여 떡국을 끓여 먹고 새해를 맞이하는 사진이 가족 톡 방에 올라와 있었다. 내가 떠나온 자리, 남은 가족들도 잘 지내고 있구나. 모든 게 감사하다.

불가항력적 헤어짐(죽음)과 여행이라는 인위적인 헤어짐은 분명 다르다. 다시 돌아갈 수 있고, 영원히 돌아갈 수 없는 그 차이는 분명하고 크다. 그래도 내가 없는 그 자리에 남은 사람들은 어떤 형태로든 살아가는 것도 엄연한 사실 아닌가. 그러니, 일상의 삶에 너무 함몰되어 살 필요는 없다고 스스로 위로하며 머나먼 쿠바에서 새해 첫날의 외로움을 달랜다.

나의 새해 계획은?

우선 이번 여행을 건강하게 잘 마치는 것. 그다음은 그때 가서 생각하자. 매 순간순간 최선을 다하며 살기. 올해는 이렇게 한번 살아 보는 거로!

저녁 무렵 까마구웨이에 도착했다. 로이스가 자전거 택시를 타고 도심 한 바퀴 도는 프로그램을 새해 선물로 준단다. 자전거 뒤에 두 사람이 앉을 수 있는 자리가 있는 자전거 택시. 자전거는 순전히 인간의 동력으로만 움직인다. 열심히 페달을 밟는 사람 뒤에 편히 앉아 있으려니 조금 미안했지만, 그 노동으로 가족들의 생계를 이어 갈 거라 생각하고 마음을 다스렸다. 자전거 택시를 타고 마을 구경을 하는데 노을이 얼마나 곱고 예쁘던지! 오래된 건물 사이로 붉게 물든 노을이 나타났다가 사라지고 다시 나타나며 우리의 여정을 더욱 아름답게 채색해 주었다. 마을 공방을 기웃거리며 기념품도 사고 마을 광장에 그 마을 사람들을 모델로 해서 만들어 놓은 청동 브론즈상 옆에서 기념 촬영도 하며 저마다의 여정을 색칠했다. 가장 인상적이었던 것은 광장의 한 건물에 그려진 체의 얼굴과 그 아래 적힌 문구였다.

"Che Comandante Amigo…" (내 친구 체 사령관님…)

한 인간이 받을 수 있는 최고의 존경과 사랑! 체 게바라. 그는 시공을 초월해 여전히 살아 있었다.

까마구웨이의 노을과 자전거 택시

마을 사람들을 모델로 만든 청동 브론즈상

Che Comandante Amigo···

바람의 도시
트리니다드

까마구웨이에서 4시간여를 달려 도착한 트리니다드는 18~19세기 세계 설탕 생산의 중심지로 번영을 구가했던 도시다. 도심으로 들어가기 전 먼저 설탕 제분소 계곡으로 불렸던 로스인헤니오스 계곡으로 갔다. 트리니다드 인근 로스인헤니오스 계곡은 사탕수수 산업 전성기에는 설탕 제분소만 50개소 이상 있었으며 3만이 넘는 사람들이 일했다고 한다. 사탕수수 산업으로 부를 이룬 마나카 이즈나가 대저택은 지금은 레스토랑이 되어 있고, 그 옆에 사탕수수 농장의 노예들을 살피고 감시하던 7층 높이의 관제탑이 우뚝 솟아 있다.

노예 관제탑을 올랐다. 만만찮은 높이였지만 올라가니 로스인헤니오스 지역이 한눈에 들어왔다. 멀리 낮은 구릉 같은 산으로 둘러싸인 비옥한 땅. 그곳에서 땀 흘렸을 노예들과 그 노동력을 착취해 부를 축적하며 호화롭게 살았을 사람들을 떠올려 본다. 노예들이 살았던 탑 주변의 작은 마을에는 손으로 만든 식탁보와 침대 커버 같은 다양한 리넨 제품을 팔고 있었다. 핸드메이드 수는 거칠고 색상도 원색이라 선뜻 손이 가지 않았지만, 쿠바다운 기념품이라 생각하면 하나쯤 구매하는 것도 괜찮을 것 같다.

여기서 또 잠깐 옆길로 새 보자.

넷플릭스 드라마 〈빨간 머리 앤〉 시즌2에 에번리를 떠난 길버트는 증기선을 타고 선원으로 일한다. 배에서 만난 흑인 친구 배시. 그 배시의 고향이 바로 트리니다드다. 증기선은 트리니다드에 기항하게 되고 배시는 어머니를 찾아간다. 바로 그 장면. 배시의 엄마는 백인 가정의 하녀인데 뼛속까지 노예인 엄마의 모습을 보며 배시는 엄마와 다투고 또다시 상처받는다. 배시 엄마의 사고나 행동을 통해 그 옛날 트리니다드의 흑인 노예들의 삶과 정신세계까지 잠깐 엿볼 수 있다.

시간은 흐르고 세상은 빠르게 변하는 법. 빨마나무와 우거진

노예 관제탑과 리넨 상품들

숲 사이로 펼쳐지는 초록의 밭들. 한때 저 계곡 전체가 사탕수수로 뒤덮였겠지. 그곳에서 불어온 바람이 머릿결을 날리고 옷깃을 펄럭인다. 쿠바의 바람을 온몸으로 느낀다. 이 바람도 한때는 노예들의 한숨과 눈물이 섞인 바람이었으리라. 한숨과 눈물 섞인 그 바람은 이제 관광객들의 웃음소리를 싣고 흩어진다. 파란 하늘과 흰 구름. 투명한 햇살 아래 깃발처럼 펄럭이던 리넨 식탁보들. 그리고 그사이를 흘러가던 우리들의 웃음소리를 시간의 흐름 위에 얹어 두고 노예 감시탑을 내려왔다.

트리니다드는 자갈이 깔린 길을 중심으로 알록달록한 파스텔톤 건물이 늘어선 아름다운 도시다. 유네스코 세계 문화유산으로 지정된 도시 중심 마요르 광장 계단엔 전 세계에서 몰려온 관광객들이 밤낮없이 북적인다. 마치 로마의 스페인 계단을 보는 것 같다. 광장 주변에는 사탕수수 농장으로 부를 축재한 거부들의 대저택이 19세기의 모습을 간직한 채 그대로 남아 있다. 관광객들이 모이는 도심 중앙에는 여러 가지 기념품과 식당, 술집 등이 줄지어 있고 그런 곳에서는 예외 없이 밴드들의 노랫소리가 울려 퍼진다. 건빵처럼 바싹하게 구워진 빵과 마늘 소스가 일품이었

19세기 때 지어진 거부의 저택

트리니다드 돌길

던 식당에서 새우 요리(닭고기와 돼지고기에 물렸던 내 입이 얼마나 환호성을 질렀던지!)로 점심을 먹고 이곳 명물인 칸찬차라 바에 들러 지역 특산물인 토기 잔에 담아져 나오는 음료(럼을 섞은 음료로, 이름도 바 이름과 같은 칸찬차라다.)를 마시러 갔다. 여기서도 꼼빠이 세군도의 '찬찬'은 빠지지 않는다. 노래를 들으며 여유롭게 칸찬차라를 마신 뒤 자유롭게 도심을 둘러보았다. 느긋하게 걸으며 가게에서 기념품을 구경하기도 하고 마차를 타고 도심을 한 바퀴 도는 것도 좋았다. 오늘 숙소는 물빛 아름다운 카리브해의 안콘 비치를 품고 있는 호텔에 여정을 풀었다.

다음 날 아침에는 청남색 바다에 발을 담그고 카리브해를 즐겼다. 동해도 아니고 서해도 아니고 홍해, 흑해도 아닌 카리브해! 그 이름이 주는 멋과 낭만이라니! 쿠바에서 만난 가장 아름다웠던 바다에서(수영을 못 한 게 두고두고 아쉬웠지만) 우리는 바람을 희롱하며 또 하나의 추억을 쌓았다. 트리니다드는 바람의 도시였다.

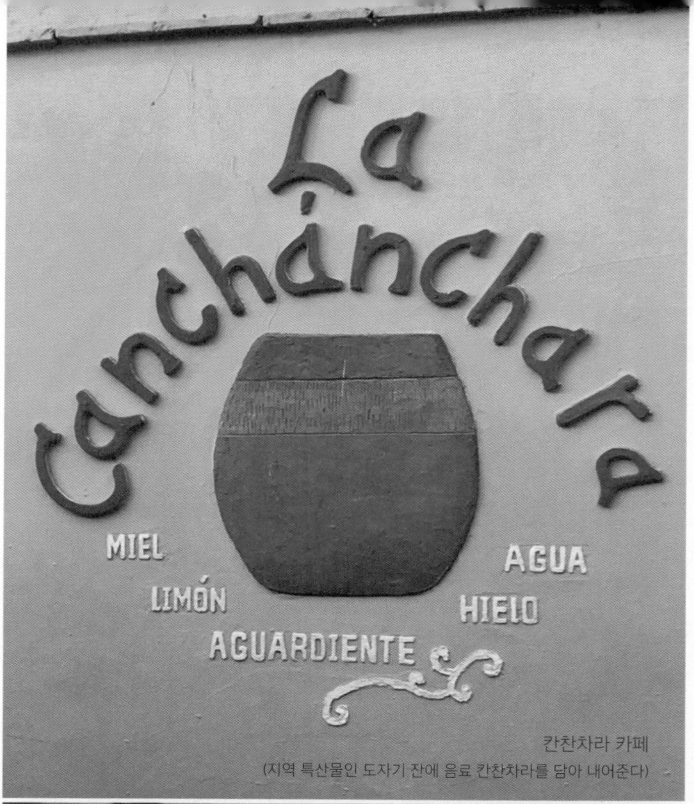

칸찬차라 카페
(지역 특산물인 도자기 잔에 음료 칸찬차라를 담아 내어준다)

안콘 비치

바예 궁전이 있는 시엔푸에고스

시엔푸에고스 시내를 구경하고 카리브해와 접해 있는 말레콘을 가장 아름답게 구경할 수 있는 바예 궁전으로 갔다. 궁전이라지만 그 규모나 장식의 화려함은 유럽의 궁전에 견줘 보면 소박하다. 바예 궁전의 내부 벽이나 기둥 모양은 스페인의 알람브라 궁전을 많이 닮은 것 같다.

쿠바에는 여자아이가 15세가 되면 우리나라의 성인식 같은 걸 해 준단다. 마치 황녀처럼 화려한 드레스를 입히고 풀메이크업 화장을 한 다음 기념사진을 찍어 사진첩을 만들어 주는데 바예 궁전은 그런 사진을 찍는 중요한 장소인 듯하다. 우리가 간 날도 어린 숙녀가 황금색 드레스를 입고 사진사가 연출하는 대로 포즈

바예 궁전

를 취하고 있었다. 시간은 아름다운 모습을 너무 쉽게 퇴색시키니 아름다움이 절정일 때 사진으로나마 남기려는 걸까? 그렇다면 가면 같은 화장보다 아직은 풋풋하고 앳된 얼굴 그대로가 더 기념이 될 텐데. 이것도 오로지 나그네의 생각이지만!

일상의 삶이 그런 사람들은 굳이 특정한 날을 잡아 사진으로 남길 필요가 없겠지. 하지만 그런 삶이 꿈이고 희망인 서민들은 일생에 단 하루 그런 날을 연출해 사진으로 남기는 건 아닐는지. 예전에 뉴욕 메트로폴리탄 박물관에 갔을 때 그런 사실을 깨달았다. 무슨 특별 전시였는데 전시된 그릇과 가구들은 들어 보지도 못한 희귀 재료에다 온갖 보석과 황

바예 궁전에서 바라본 카리브해

금으로 장식된 것들이었다. 정말 화려함의 극치였다. 나는 그런 물건은 박물관에 전시하기 위해 만드는 건 줄 알았다. 그런데 일상에서 그런 물건을 사용하는 사람들도 있는 모양이었다. 우리 같은 사람들은 절대 마주칠 일 없는 동선에서 그들끼리 사는 사람들. 기념 촬영하는 15세 소녀를 보며 문득 든 생각이다.

옥상에서 럼 칵테일을 한 잔 마시고 푸른 하늘과 바다가 어우러진 카리브해를 넋 놓고 바라보다 다시 산타클라라로 출발! 드디어 체를 만나러 간다.

체의 도시
산타클라라

혁명의 도시,

별의 도시,

승리의 도시, 산타클라라!

오늘은 체를 만나는 날. 그의 트레드마크가 된 별이 달린 베레모를 미리 가방에 넣어 두었다. 첫날 아바나에서 얼결에 득템한 모자였다. 아바나 시내에서 관광객들에게 파는 체의 트레이드마크 같은 베레모는 우리 돈 천 원이면 살 수 있다. 여행 내내 멋스럽게 쓰고 다니다 지금은 쿠바 여행의 기념품으로 남았다.

체가 이끈 산타클라라 전투는 쿠바 혁명을 성공시킨 중요한 전투였다. 쿠바의 중앙부에 자리한 산타클라라는 정부군의 교두보

체 게바라 기념관의 동상과 부조로 형상화한 행군 모습

HASTA
LA VICTORIA
SIEMPRE

였고 산속에서 게릴라 활동을 하던 체가 쿠바에서 처음으로 들어간 큰 도시였다. 정부군과 체는 산타클라라에서 최후의 승부수를 벌이게 된다. 무기도 식량도 넉넉지 않았던 300여 명의 혁명군은 장갑 열차를 앞세운 4,000명이 넘는 정부군과 대적했다. 체의 부대는 정부군 본부와 장갑 열차 사이의 교신을 단절시키고 인근 농과대학의 불도저를 동원해 철로 일부를 떼어 냈다. 장갑 열차는 탈선했고 화염병 공격 속에 갇힌 정부군은 투항했다. 체의 부대는 장갑 열차를 노획하는 대승을 거두었고 패배를 예감한 바티스타는 12월 31일 도미니카로 도주한다. 피델 카스트로는 1959년 1월 1일 산티아고 데 쿠바 대성당 앞 세스페데스 광장에 있는 시청 건물 2층 테라스에서 혁명의 완성을 발표하게 된다.

처음 체 게바라는 의사로 혁명군에 참여했지만 성실함과 인내심, 냉정한 판단력과 설득의 재능을 발휘해 혁명을 이끌게 된다. 피델이 그의 베레모에 호세 마르티의 별을 달아 주고 사령관으로 임명하면서 그는 쿠바 혁명군의 명실상부한 이인자가 된다. 혁명 이후 체 게바라는 쿠바에서 국립은행 총재, 산업부 장관 등을 역임하며 쿠바의 두뇌로 불렸지만, 실패한 경제 정책과 여러 이유

혁명 승리의 결정적 견인차가 된 열차 전투 현장의 탈환 열차

로 모든 공직을 내려놓고 라틴아메리카 전체의 혁명을 꿈꾸며 다시 길을 떠난다. 그리고 볼리비아 라이게라의 작은 학교에서 총살당해 서른아홉의 짧은 생을 마감했다. 볼리비아 정부는 그의 죽음을 입증하기 위해 그의 손을 잘라 미국으로(고향 아르헨티나에 또는 카스트로에게 보냈다는 설도 있다.) 보냈다고 한다. 얼굴이 훼손되어 얼굴 대신 그의 손을 보냈는데, 이는 그를 식별할 증거가 그의 지문밖에 없었기 때문이었다. 그의 시신은 비밀리에 매장되었다.

산타클라라의 체 게바라 기념관은 1988년 산타클라라 전투 30주년을 기념하여 세운 것이지만 주인이 오래 비어 있었다. 1997년, 유족을 포함한 볼리비아-쿠바 합동 조사단에 의해 바예그란데의 어느 폐쇄된 활주로에서 17구의 뼈를 발견했는데 그중 손목 없는 뼈가 체 게바라였다. 1967년, 미국이 가담한 볼리비아 정부군에게 총살당해 묻힌 지 30년 만이었다. 17구의 유해는 산타클라라로 송환되어 안치되었다. 추모관은 비어 있던 17개의 비석이 주인을 찾음으로써 비로소 38개의 비석으로 모두 채워졌다. 2013년에 볼리비아 정부의 협조 아래 체 게바라의 일대기가 담긴 일기와 편지, 신문 기사, 사진, 문서 등은 세계 기록 유산에 등재되었다.

새로운 세상을 만들기 위해 목숨 바쳐 싸운 전사 에르네스토 체 게바라. 쿠바는 정말 멋진 인물을 얻었구나. 호세 델라라의 거대한 청동 작품인 체의 동상이 서 있는 체 게바라 기념관. 피델이 점화한 '영원한 불꽃'이 경건하게 타오르고 체가 서른일곱 명의 혁명 동지들과 영면에 들어 있는 추모관은 세상 그 어느 곳보다 엄숙하고 성스러운 기운이 가득하다. 슬픔으로 가슴 저몄지만 위대한 전사의 영혼에 접신 된 나는 걷잡을 수 없이 가슴이 뛰었다. 서른아홉 살의 삶을 통해 그가 보여 주고 남긴 메시지는 쿠바를 넘어 전 세계에 사랑과 투쟁의 아이콘으로 남았다. 가는 곳마다 그의 얼굴이 프린팅된 셔츠와 온갖 기념품과 그의 이야기가 담긴 책들이 널려 있다.(대중적인 그의 인기가 그가 맞서 싸운 자본가들이 만든 상품으로 소비되고 있는 아이러니라니!) 그뿐만이 아니다. 건물과 거리 곳곳에는 그의 모습과 그에게 바치는 오마주 같은 글귀들이 수없이 널려 있다.

생은 제한적이어서 애틋한 것. 그에게도 바람처럼, 구름처럼

산타클라라 체 게바라 기념관의 꺼지지 않는 불

자유로웠고 솟구치는 포말처럼 환했던 시간이 있었으리라. 생의 환희를 온몸으로 느끼며 삶을 노래했던 순간도 있었겠지. 그러나 그 모든 걸 뒤로하고 국적을 초월해 가난하고 억압받는 민중을 향한 열망으로 혁명의 길을 걸어갔던 사람. 가장 순수했으며 가장 아름다웠으며 가장 완벽했던 인간! 에르네스토 체 게바라!

영원한 승리의 그날까지!Hasta la Victoria Siempre!

그는 지금도 우리 곁에 살아 숨 쉬고 있었다.

산타클라라의 중앙공원에는 우리나라 직박구리 정도 크기의 까만 새가 나뭇가지에 가득 날아와 지저귄다. 하루 일을 끝내고 집으로 돌아온 새들이 그날 있었던 일을 얘기하는 건가? 아니면 체에 대한 이야기로 그리 시끄러운 걸까?

체 게바라의 정식 이름 에르네스토 라파엘 게바라 데 라 세르나Ernesto Rafael Guevara de la Serna의 생애를 두고 혹자는 혁명에는 성공했지만 정치인으로는 실패했다고도 한다.

아르헨티나의 젊은 의학도였던 체는 오토바이를 이용해 남미 종단 여행을 하고, 그 여행을 통해 삶의 대전환을 맞이하게 된다.

체는 장래가 보장된 의사의 길을 버리고 멕시코에서 카스트로와 운명적으로 만나게 된다. 카스트로와 함께 쿠바 혁명에 참여해 성공하지만 그는 모든 정치적 지위를 내려놓고 아프리카 콩고로 떠나 반군들과 합류하지만 실패한다. 다시 남미로 돌아와 볼리비아 공산당과 연계해 볼리비아 농촌에서 혁명을 일으키려 했으나 죽음으로 그의 삶을 마치게 된다.

그가 살아온 삶이 극적이듯 그에 대한 평가도 그의 삶처럼 극적이다. 쿠바의 사진작가 알베르토 코르다가 촬영한 그의 얼굴은 그가 싸웠던 자본주의에서 가장 잘 활용하고 있다. 그의 얼굴은 이제 상품을 넘어서 하나의 이미지로 소비되고 있는 것도 정말 극적인 현상 아닌가. 체에 대한 후세의 다양한 평가처럼 산타클라라의 새소리도 귀가 따가울 만치 시끄럽다. 오토바이 소리, 자동차 소리, 거기다 새소리까지 보태 귀가 얼얼할 정도였다.

오늘 묵을 숙소는 쿠바나칸족 인디오 원주민의 문화를 그대로 재현해 놓은 아름다운 숙소였다. 정원도 아름답고 일하는 사람들의 미소가 아름다운 방갈로 형태의 호텔이었다. 비교적 최근에 지은 듯 시설이 깨끗했다. 침대 위에 올려놓은 타올 아트와 꽃은

호텔의 정원사(쿠바나칸족 원주민)

여행객을 맞이하는 기분 좋은 선물이었다. 다음 날 아침 영레이디 몇은 정원을 돌보는 쿠바나칸족 정원사로부터 작은 꽃다발도 받았다지.

체 게바라가 쿠바를 떠나며 피델에게 보낸 편지

피델

지금 이 시간 이런저런 상념들이 떠오른다네. 자네를 마리아 안토니아 집에서 처음 만났던 때와 자네가 나에게 자네 그룹에 합류하기를 청했을 때, 그리고 우리의 여정을 준비하는 동안 느꼈던 팽팽한 긴장감에 대해. 우리가 자기의 죽음을 대비해 누구에게 그 소식을 전해야 할지를 미리 말했을 때, 이 가능성은 갑자기 우리 모두에게 현실로 나타났지. 그리고 우리는 그것이 진실로 현실임을 알게 되지 않았는가. 혁명을 할 때 -그것이 진정한 혁명이라면- 우리가 승리할 수도, 죽을 수도 있다는 현실 말일세. 실제로 수많은 동지가 혁명에 목숨을 바치지 않았는가.

오늘에는 이 모든 것들이 덜 극적으로 보이네. 우리가 더욱 성숙했기 때문일 테지만, 역사 또한 반복하기 때문이겠지. 나는 쿠바 땅에 국한된 쿠바 혁명에서 내 몫을 다했다는 느낌이네. 이제 나는 자네와, 동지들과, 그리고 이제는 나의 것이기도 한 자네의 인민들과 작별하려 하네. 나는 내가 점하고 있는 당의 직책과 장관직과 사령관의 직위, 그리고 쿠바 시민의 모든 권리를 포기하네. 이제 나와 쿠바를 잇는 어떤 법적 관계도 존재하지 않네. 오직 공문서 따위로는 파괴될 수 없는 전혀 다른 성격의 관계만이 남을 것이네.

내가 지나온 길을 되돌아보건대, 나는 지금까지 정직하게 또 한결같이 혁명을 공고히 하기 위해 노력했다고 말할 수 있을 것 같네. 다만 하나 내 잘못이라면 시에라 마에스트라 시절 처음부터 자네를 온전히 신뢰하지 않고, 자네의 지도자적 자질과 혁명가적 기질을 좀 더 빨리 이해하지 못한 것이겠지. 나는 경이로운 세월을 살았고 미사일 위기가 계속되는 최근에까지 자네 곁에서 우리 인민과 함께한다는 사실에 큰 자부심을 느꼈네. 이런 경우에는 어떤 국가 원수도 자네만큼 영민하게 대처할 수 없었을 터. 보고, 사고하고, 위험과 원칙을 형량하는 자네 뒤를 주저 없이 따른 것이 자랑스럽네. 지구상의 다른 땅들이 나의 미천한 힘을 요구하는군. 쿠바의 영도자로 남을 자네의 책임이 자네로 하여금 포기하게 할 수밖에 없게 하는 그것을 나는 하려 하네. 이제 우리가 작별할 시간이 온 게지.

내가 기쁨과 고통이 교차하는 가운데 떠난다는 걸 이해해 주게. 나는 여기에 건설자로서 내가 가질 수 있는 가장 순수한 희망을, 내가 사랑하는 자들의 가장 사랑하는 부분을 남겨두고 가네. 나를 아들로 받아 준 인민의 곁을 떠나네. 내 정신의 한쪽을 남겨 두겠네. 새로운 전장에서 자네가 나에게 심어 준 믿음을 간직하겠네. 우리 인민의 혁명 의식과 내 의무의 가장 고결한 부분을 완수한다는 가슴 떨리는 기쁨을 간직하겠네. 제국주의와 투쟁하는 그곳에 이들이 모두 함께할 것이네. 내 아픔을 쉽게 치유하고 위로하는 바는 이것뿐일세.

다시 말하거니와 나는 쿠바에 대한 모든 책임을 벗고, 오직 이상형의 쿠바만을 기억하겠네. 그래서 다른 하늘 아래 내 최후의 시간이 도래한다면, 내 마지막 생각은 쿠바 인민들에게, 특히 자네에게 향할 걸세. 자네의 가르침과 자네의 모범에 감사하네. 내 행동의 마지막 순간까지 그것을 충실하게 간직하려 노력하겠네. 나는 늘 우리 혁명의 대외 관계에 집착하곤 했지. 그리고 지금도 그러하네. 내가 어디에 있든 나는 언제나 쿠바 혁명가의 책임을 완수할 것이며 또 그렇게 행동할 것이네. 나는 나의 아이들과 아내에게 어떤 물질도 남겨 주지 않을 터. 이것이 나를 슬프게 하지는 않네. 왜냐하면 그들이 먹고 교육받는데 필요한 모든 것을 국가가 줄 것이기 때문일세.

자네에게, 인민에게 할 말이 많았는데. 그것도 의미가 없다는 느

호세 델라라가 만든
거대한 체의 동상

낌이 드는군. 내가 이야기하고자 하는 바를 어찌 말로 다 하겠는가. 종이만 더럽힐 뿐이겠지.

영원한 승리의 그날까지!

뜨거운 혁명의 열기로 얼싸안으며

한국 디아스포라의 흔적을 찾아간 마탄사스

마탄사스로 가는 길은 아름다운 대서양의 해안선을 따라 이어졌다. 짙푸른 바다와 파도의 흰 포말, 푸르른 하늘과 흰 구름은 한 쌍의 데칼코마니가 되어 늘어선 야자수와 빨마나무와 어우러져 꿈속 같은 풍경을 펼쳤다.

넉 달만 일하면 한밑천 잡을 수 있다는 말을 믿고 1905년 제물포항을 출발한 1,033명의 최초의 한국 디아스포라. 남미 이민사의 첫 줄을 기록하는 사람들이다. 그들은 멕시코 에네껜 농장에서 일하다 에네껜 사업이 쇠퇴하면서 1921년 다시 274명이 새로운 일자리를 찾아 쿠바로 들어오게 된다. 그분들이 마탄사스의 에네껜 농장에 일하며 정착해 살았던 마을 엘보로. 엘보로의 한인 이주 기념비는 마탄사스에서 굽이굽이 언덕을 넘어 입구를 찾기 힘든 외딴 숲속에 자리 잡은 조그만 마을에 있었다.

마을의 집들은 지금도 다 쓰러져 가는 낡은 판잣집 같은데 그때는 더 열악한 주거 환경이었겠지. 그 당시 한국 땅에 살던 사람들은 일본의 탄압에 시달리며 수탈당한 시절이었으니 어쩌면 이 역만리 이곳까지 흘러온 이들의 삶이 더 나았을까? 전쟁의 포화도 가혹한 일본의 수탈도 피할 수 있었으니. 그러나 온갖 수탈과 전쟁의 포화도 가족과 떨어져 이질적인 문화에 적응하며 살아야 하는 외로움과 비길 수 있을까? 한 사람이 살아온 생을 다 이해할 수 없는 나그네는 그저 짐작만 할 뿐이다.

고된 노동과 향수에 시달리면서도 독립 자금을 모아 임시 정부에 전달하고, 한민족으로서의 정체성을 잊지 않으려 노력했던 한인들. 힘든 노동으로 생계를 이어야 했지만 자식들을 제대로 교육 시켜 그 후손들은 지금 쿠바 사회에서 예술가로, 대학교수와 교사로, 혁명 투사로 당당하게 이름을 올리고 살고 있다고 한다.

한국인의 DNA에 새겨진 교육열은 시대와 장소를 가리지 않고 이어진 걸 머나먼 쿠바에서도 확인한다. 고향을 그리며 머나먼 이국땅에서 삶을 마감했을 그분들을 기리며 기념탑 앞에서 꽃 한 송이 바치며 묵념으로 예를 갖췄다.

엘보로의 한인 이주 기념비

엘보로의 농가 풍경

쿠바 아닌 쿠바 같은
쿠바 바라데로

다시 버스는 바라데로를 향해 달린다.

마탄사스로 갈 때 오른쪽에서 보이던 대서양이 왼쪽에서 보이는 걸 보니 아바나에서 멀어지는 것 같다. 바라데로는 쿠바에서 가장 아름다운 휴양 도시란다. 멕시코 칸쿤보다 더 아름답다는 바라데로. 그곳에서 수영도 하고 리조트의 럭셔리한 시설을 즐길 수 있대서 잔뜩 기대했는데……. 내내 화창하고 덥던 날씨가 수영하러 가는 날 기온이 뚝 떨어져 어찌나 춥던지. 한국에서 입던 파카와 겨울 셔츠를 꺼내서 입어야 했다. 오랜 시간 버스를 타고 다녀 몸은 피곤하고 날은 춥고, 바다고 수영이고 만사가 다 귀찮았다.

마탄사스에서 바라데로로 가는 길의 풍경. 대서양 바다.

바라데로의 리조트

쿠바를 여행하며 가장 귀한 게 화장실 휴지와 종이, 물건을 담는 비닐봉지 같은 거였다. 일반 국민이 굶주리진 않겠지만 '풍요롭구나.'라는 생각은 들지 않았는데 여기는 예외였다. 리조트 체크인할 때 손목에 노란 비닐 팔찌 같은 걸 채워 주는데 그것만 있으면 리조트 안의 모든 식당, 바, 클럽 등에서 먹고 마실 수 있었

다. 고가의 와인이나 술 같은 건 별도로 돈을 지불해야 하지만 어지간한 럼이나 칵테일, 커피, 차, 음료 등은 그냥 마실 수 있다. 그것도 무제한으로! 술꾼들이 들으면 환호를 지르겠지만 어디서건 마시면 취하는 건 공통된 생리 현상이니 아무리 주당이라도 마시는 데는 한계가 있겠지. 뷔페식당의 크기도 엄청났지만, 산더미

처럼 쌓인 각종 음식은 먹기도 전에 포만감으로 질릴 정도였다. 음식, 음식, 넘쳐나는 음식들. 여기가 사회주의 국가 쿠바가 맞나 싶은 정도였다. 쿠바 아닌 쿠바 같은 쿠바 바라데로!

거대한 리조트라 체크인 데스크가 있는 메인 건물과 그 주변에 식당과 가게가 모여 있고 숙소 동은 단지 곳곳에 떨어져 있어 전동차로 가방을 옮겨야 했다. 점심을 먹은 뒤에는 대서양의 바다를 즐기러 간 사람들도 있고 리조트 안을 탐색하는 사람들도 있었지만, 룸메이트와 나는 바다고 뭐고 방으로 직행해 쉬었다.

저녁 무렵 배는 고프지 않았지만, 시설 구경도 하고 다른 사람들의 안부도 궁금해 밖으로 나갔는데 여전히 추웠다. 가게에 들러 이것저것 살펴봐도 그다지 눈길을 끄는 게 없다. 식당으로 가니 일행들은 어디서 무얼 하는지 몇 명밖에 보이지 않았다. 룸메이트와 저녁을 먹고 주변을 구경하다 다른 일행을 만나 바bar로 가서 한잔하기로 했다.

다행히 테이블이 다 차지 않았다. 자리를 차지한 관광객들은 술이나 음료를 시켜 놓고 카드놀이를 하며 밴드가 연주하는 음악을 즐기고 있었다. 여기서도 꼼빠이 세군도의 노래 '찬찬'은 빠지

클럽의 밴드

지 않는 레퍼토리다. 가는 도시마다 식당이나 바에서 빠지지 않고 듣는다. 그런데 재밌는 건 부르는 사람에 따라 그 느낌이 다 다르다는 것이다. 사용하는 악기도 조금씩 다르고 곡을 해석해 연주하는 것도 다르다.

모히토와 럼을 몇 잔이나 마셨는지 기억나지 않는다. 전 세계에서 온 관광객들과 어울려 춤추며 유쾌하게 놀았던 기억만 어렴풋하다. 독한 럼은 나그네의 의식을 마비시켰고 흥겨운 살사는 몸의 잠든 리듬을 일깨웠던 듯. 몽롱한 의식으로 춤추며 놀았던 그 시간. 그것 역시 여행의 묘미가 아니었을까? 어떻게 숙소에 왔는지 기억도 없다. 나를 버려두지 않고 숙소까지 데려왔을 룸메이트의 수고에 나는 감사의 인사도 제대로 못 했구나. 그 인사를 이제야 한다. 고마운 님, 그대가 내 룸메여서 여행이 얼마나 즐거웠는지. 기도가 일상인 그대의 경건한 삶에 깊은 존경과 함께 진심으로 감사의 인사를 보냅니다.

아침에 리조트 근처 바다로 나갔다. 아무리 날씨가 춥다지만 쿠바 최고의 휴양지에 와서 바다 한 번 안 보고 갈 수는 없지. 리조트의 정원을 둘러싸고 있는 우거진 방풍림을 넘어가니 대서양 바다가 나온다. 희고 고운 모래밭에는 야자나무 잎으로 만든 비치파라솔과 선베드가 줄지어 늘어서 있다. 여행 책자에서 보던 바로 그 풍경이다.

그런 파라솔 아래
비키니를 입고
선베드에 누워
트로피칼 프루트칵테일 마시며
책도 읽고
낮잠을 자기도 하며
구릿빛으로 선텐을 하고 싶었던 꿈!
꿈은 꿈으로 남겨 둘 수밖에!

날이 너무 추워 도무지 엄두가 안 났다. 지중해 크루즈 때도 배 갑판에서 선텐을 꿈꿨지만, 살인적인 태양 아래 선텐은 엄두도 못 냈다. 비키니를 입고 단 10분만 누웠어도 3도 화상은 기본일 것 같던 그 태양. 그때랑 지금이랑 반반 섞으면 딱인데. 우리네

리조트의 해변

삶에는 그런 게 얼마나 많던가. 넘치거나 모자라던 수많은 경우. 그래서 세상이 살 만한 건지도 모른다. 모든 게 다 딱딱 맞아떨어지면 행복이나 기쁨이란 용어도 없지 않을까? 안 되다가 한 번 되어야 기쁜 거고 늘 삑사리만 날리다 한 번 터져야 하늘에 닿을 듯 행복하지 않을까? 야자수 늘어진 비치파라솔 아래 비키니 입고 선텐 하는 소망은 이번에도 이루지 못했으니 나그네는 또 새로운 여행을 꿈꿀밖에.

다시
아바나

넘쳐나던 술과 음료와 음식을 뒤로 두고 다시 아바나로 들어왔다. 먼저 쿠바 한국문화원부터 방문했다. 2014년 8월 민주평화통일 자문회의 중미 카리브지역협의회의 주도로 개원한 아바나의 한국문화원은 1,100명 정도인 한인 후손들이 결속을 위해 설립했다고 한다. 한국의 문화 행사나 광복절 같은 기념행사를 통해 후손들에게 한국인의 정체성을 길러 주기 위해 노력하며 한인 후손들을 선발해 한국을 방문하게 하여 한국을 직접 체험해 보는 기회도 주고 있다고 한다.

한류 열풍은 이곳 쿠바도 예외가 아닌 듯하다. 문화원에는 한류 스타들의 사진이 많이 걸려 있었다. 1박 2일 팀들도 다녀간 듯

프로그램 포스터가 붙어 있었다. 나는 가져간 그림책(김구와 이순신 위인전과 한국의 전통문화를 알 수 있는 그림책 두 권)과 볼펜 등을 선물했다. 내 책 《플루토 비밀결사대》를 가져갈까 하다가 글자 많은 책을 한국어도 서툰 후손들이 읽어 내기 쉽지 않을 것 같아 그냥 그림책을 가져갔다. 일행들도 각자 준비해 온 기념품을 기증하고 함께 기념 촬영을 했다.

쿠바의 아트뮤지엄에는 쿠바의 역사 속에서 식민지와 군부 독재, 사회주의 체제를 거쳐 오며 훼손된 인간 개인의 자유 의지와 행복 등을 고발하는 사회성 짙은 작품들이 많이 보였다. 음울하고 그로테스크한 현대 미술품은 보는 내내 불편했다. 안락함과 자유로운 삶에 길들어진 내 감성이 억압당하고 저항하는 자아들을 보는 게 힘들었던 거다. 예술은 심미적 즐거움을 주기도 하지만 고착화된 일상의 삶이나 사고에 균열을 내기도 한다. 내가 알고 있는 세상이 전부가 아니라는 것. 나의 행복이 누군가(사람일 수도, 자연일 수도 있겠지)의 희생과 착취로 이루어진 건 아닐까는 각성. 예술은 우리에게 그런 생각을 하도록 이끈다. 그런 깨우침을 통해 좀 더 나은 삶과 나은 세상을 만드는 데 힘을 보태게 만

존 레논 공원의 동상

드는 예술의 힘. 서구 백인 위주의 미술 작품에 길들여 있던 눈에 쿠바의 현대 미술 관람은 새로운 경험이었다.

존 레논이 공원 벤치에 앉아 있는 동상이 있어 공원 이름도 '존 레논 공원'이다. 그 벤치에 앉아서 존 레논과 사진도 찍고 조용한 공원을 산책한 뒤 뚜껑 없는 올드카를 타러 갔다. 오픈 올드카를 타고 시내를 관광하는 건 쿠바가 아니면 할 수 없는 체험이라 잔뜩 기대했건만 이상기온으로 너무 추워 덜덜 떨었고 70년이 넘은, 오래된 차들이 내뿜는 매연으로 고통스러웠다. 1950년대 생산된 미국 자동차들은 잘 관리되어 그나마 성능이 좋은 차들은 관광객들을 위한 드라이브용으로 쓰이고 나머지는 합승 택시로 사용되고 있다. 길을 가다 보면 도로 위에 퍼져 있는 골동품 차들

을 쉽게 보게 된다. 녹슬고 흉물스럽지만 쿠바의 명물이 된 골동품 차들. 경제 봉쇄 정책 때문에 자동차 부품을 들여올 수 없다 보니 쿠바의 자동차 정비공들은 자기만의 온갖 방법과 기술을 동원해 고장 난 차를 고친다고 한다. 그러다 보니 최고의 정비 기술을 보유하는 건 자연스러운 일이지.

우리가 탔던 올드카

설렜던 부에나 비스타 소셜 클럽의 쇼도 내 설렘을 충족하지 못해 아쉬웠다. 독일 감독 빔 벤더스와 라이 쿠더 PD가 만든 영화 〈부에나 비스타 소셜 클럽〉은 내게 쿠바에 대한 동경을 심어 준 여러 요인 중 하나였다. 영화에 나왔던 5명의 뮤지션이 연주한 음악과 노래는 그들의 나이만큼 연륜이 쌓여 가슴을 울렸는데, 영웅들은 다 사라지고 영웅들을 능가하지 못하는 음악은 긴 여정에 지친 내 눈꺼풀을 이기지 못했다. 거기다 클럽 안의 음향 시설은 악기의 특성 있는 소리를 살리지 못하고 한 덩어리로 웅웅거려 제대로 된 음악 감상이 어려웠다. 그 와중에 올드카가 프린트된 종이 테이블 매트를 기념으로 챙겨 온 게 소득이라면 소득이었다. 한국으로 돌아오는 날, 쿠바공항 면세점에서 부에나 비스타 소셜 클럽 멤버의 다섯 장짜리 정품 CD를 살 수 있었던 건 완전 횡재수였다.

아바나 시내에서 바라본 일반 시민들이 사는 마을.
현대식 건물이 늘어선 중앙로에서 한 블록만 벗어나면
서민들의 낡은 집들이 늘어서 있다.

시가 왕 베니또와
비냘레스

오늘은 아바나에서 남서쪽으로 세 시간 남짓 거리에 있는 도시 비냘레스를 만나러 가는 날이다. 여행 일정 중 마지막 날이기도 하다. 출발할 때 아바나에는 제법 많은 비가 내렸지만, 아바나를 벗어나자 비는 그치고 푸른 하늘이 나타나기 시작했다. 우리가 처음 아바나에 도착했을 때 만월이던 달이 하얀 반달이 되어 푸른 하늘에 떠 있었다. 그날 비냘레스는 어찌 그리 청명한 얼굴을 우리에게 보여 주던지. 쿠바에 머문 내내 하늘과 구름이 참 인상적이었는데 이날은 하늘과 구름이 가장 아름다웠던 날이었지 싶다.

비냘레스는 쿠바에서 유일하게 카르스트 지형을 보이는 곳이다. 쿠바 안의 장가계, 계림 같은 곳이랄까. 시가를 만드는 연초

건조장이 집의 수만큼 많이 보인다. 들판은 온통 담배밭인데 엉뚱하게도 '비냘(포도)'이라는 뜻의 지명을 쓴 까닭이 있겠지? 스페인 식민지 때 스페인들이 이 지역에 포도를 재배하려고 했지만, 기후가 맞지 않아 실패하고 이름만 '비냘'로 남은 거다.

붉은 흙과 담배 농사를 짓기에 적당한 기후는 질 좋은 담뱃잎을 생산해 내고 그 담뱃잎으로 세계 최고의 쿠바 시가를 만든다. 시가를 좋아하는 호사가들 사이에 쿠바산 시가는 최고로 통한다고 한다. 카스트로가 국빈 초청 외교 행사 때 쿠바 시가를 선물로 내놓았다는 일화는 유명하다. 쿠바 시가는 외교 무대에서도 그 힘을 한껏 발휘한 것이다. 면세점에서 고급스럽게 진열된 시가는 너무 비싸 언감생심이었지만 여행 중의 눈요기로 구경하기엔 좋은 물건이었다. 그런 시가를 생산하는 비냘레스. 출발부터 호기심이 한발 앞서 달렸다.

혁명은 성공했지만, 미국의 고립 정책으로 다 함께 잘사는 나라가 아니라 다 함께 가난한 나라로 전락한 쿠바. 우리를 안내한 빠뜨리샤도 90년대 쿠바가 겪었던 고난을 반복해 얘기하는 걸 보면 그때 얼마나 힘들었는지 짐작할 수 있었다. 미국의 경제 봉쇄

비냘레스의 눈부신 구름과 하늘, 그 아래 농가 풍경

에도 유일하게 쿠바를 지원하던 소련이 붕괴하던 90년대. 변화의 소용돌이에 휘말렸던 소련이 쿠바를 챙길 여력이 없었겠지. 일상의 모든 물품과 에너지가 하루아침에 단절되었을 테니 그 타격이 얼마나 컸을까! 자구책으로 관광을 국책 사업으로 하면서 지독한 가난에서 조금씩 벗어나고 있긴 하지만 쿠바 전체는 여전히 가난해 보였다. 화폐도 관광객이 사용하는 쿡과 쿠바 국민이 쓰는 쿱으로 달랐는데 지금은 쿱(쿠바페소)으로 통합해 사용한다. 상인들은 달러를 더 선호하고 있지만, 팁을 주거나 작은 가게에서 생수를 살 때는 쿱을 사용하는 게 편하다.

그런데 역설적이게도 서민들의 삶은 도시보다는 시골로 갈수록 오히려 풍요로워 보였다. 바야모로 가는 길에 들렀던 시골 농가가 그랬고 비냘레스의 담배 농가에서도 여기가 사회주의 국가가 맞나 싶을 정도로 풍요와 여유로움을 느낄 수 있었다. 우리에겐 이미 사라진 대가족 형태의 가족 구성도 놀랍고 온갖 가축들이 인간과 함께 본래의 모습대로 당당하게 사는 모습 또한 감동이었다. 우리는 이미 70년대 이전에 사라진 농촌 공동체가 건강하게 살아 있는 쿠바. 자본의 물결이 밀려와도 지금의 삶을 잘 지

비냘레스로 가며 만난 농부들, 비냘레스의 담배밭과 원색의 빨래

켜 나가길 마음 다해 응원해 본다.

우리가 찾아간 담배 농가의 농장주 베니또는 넉살과 유머가 탁월한 사람이었다. 지금껏 만나 온 그 어떤 사람보다 유쾌하고 재밌는 친구였다. 우리 일행을 맞이한 베니또가 우리를 쭉 살펴보더니 하는 말.

"나는 쿠바의 '시가 킹'이다. 누가 '시가 퀸'이 될래?"

그의 장난기 섞인 제의와 익살스러운 눈빛에 영 레이디들이 모두 머뭇거리는 사이 내가 나섰다.

"나는 어떠니?"

그는 내 머리끝에서 발끝까지 쫙 스캔하더니 "OK!"란다. 곁에서 예쁘게 생긴 그의 아내가 깔깔거리며 웃고 나는 그의 왕비가 된 기념으로 럼주 잔을 들고 그와 러브샷을 하며 한껏 분위기를 살렸다.

담뱃잎을 말리는 창고로 가서 베니또는 능숙한 솜씨로 시가 마는 시연을 보여 줬다. 그가 말아서 불붙여 준 시가로 여성들은 왕년에 껌 좀 씹었던 '깻잎머리 소녀' 코스프레도 하며 웃음꽃을 피웠다. 상상할 수 없는 싼값에 샀던 질 좋은 시가는 멋진 여행 선

시가 왕 베니또

비냘레스 농가

물이 되었다. 베니또가 대접한 럼주와 커피, 그의 아내가 가족들이 사는 방까지 구경시켜 준 친절 등으로 비냘레스의 그 담배 농가를 오래도록 기억할 것 같다.

돌아와서 안 사실인데 베니또는 시가를 아는 사람들 사이엔 꽤 유명한 국제적 스타였다. 어쩐지 그의 행동이 예사롭지 않더라니! 포스는 또 어떻고. 잠깐이었지만 시가 여왕이 되었던 내게 기념으로 뒷면에 사인까지 해 준 그의 사진은 여행의 추억을 되새기기에 부족함이 없었다.

산의 한 면을 깎아 페인트로 그려 놓은 거대한 벽화(프리다 칼로의 남편이기도 했던 멕시코 국민 화가 디에고의 도움을 받았단다.)가 그려진 바위 위에 올라가 시가 한 모금 피우며 누렸던 여유도 잊을 수 없는 여행의 낭만으로 남았다. 카르스트 지형이 만들어 낸 인디오 동굴(스페인 침략을 피해 원주민 인디오들이 숨었던 동굴)도 구경하고 우리는 다시 아바나로 돌아왔다. 돌아오는 길에도 쿠바의 하늘은 어쩌면 그리 아름답던지. 내일이면 떠날 걸 아는 듯, 쿠바의 아름다운 하늘을 실컷 보고 가라는 배려 같았다.

인디오 동굴(배를 타고 들어가 동굴 안을 구경할 수 있다.)

비냘레스 암벽화

이제 쿠바의 마지막 밤이다.

가방을 꾸려 놓고 와이파이가 터지는 호텔 로비로 내려왔다. 전날, 부에나 비스타 소셜 클럽의 아쉬움을 달랠 겸 꼼빠이 세군도의 노래를 쿠바에서 꼭 다시 듣고 싶었다. 로비 의자에 앉아 그의 노래 찬찬을 들으며 눈을 감는다. 지나온 여정이 눈앞에서 그림처럼 차례로 지나간다.

파도가 부서지는 말레콘. 낡고 오래된 건물들이 늘어선 거리. 그들이 부르던 노래와 춤. 피부색과 인종, 국가, 종교를 넘어 사람 그 자체를 사랑하는 쿠바 사람들. 굴러가는 것이 신기할 정도로 오래된 차들. 바람에 나부끼는 형형색색의 빨래들. 아름답고 청정한 대지와 푸른 하늘.

멀리 보이는 라 카바나 요새와 말레콘

시골 마을의 집들과 풍경

거리를 달리는 올드카 택시와 현대카 택시

TAXI

시간이 꿈처럼 지났다. 대서양을 달려온 파도는 끝없이 밀려와 말레콘에서 흰 포말로 부서지고 한 시대를 풍미했던 사람들도 모두 떠나고 없다. 체, 피델, 호세 마르티, 꼼빠이 세군도…….

삶이란 그런 것이다. 그들이 살아간 삶의 발자국들은 누군가에겐 혁명으로 남고 누군가에겐 예술혼으로 남고 또 누군가에겐 변화의 출발점으로 남게 되겠지.

chi(체)!

그는 이제 저항과 혁명의 아이콘으로 남아 소비되고 있지만, 평등을 추구한 그의 아름다운 가치와 고결한 이상은 시공을 초월해 푸르게 살아 있구나.

아! 그는 어쩌면 그렇게 슬프도록 아름다울까. 어쩌면 그렇게 완벽하게 완성된 인간이었을까. 그리고 어찌 그렇게 삶을 마감했을까! 우리는 모두 불완전한 존재들이지만 그는 보란 듯이 완성된 인간으로 우리를 매혹시키고 있지 않은가!

아바나의 라 카바냐 요새에는 혁명 직후 체가 사령관으로 일했던 집무실이 있다. 지금은 뮤지엄으로 꾸며져 있는 그 집무실에서 체의 가장 아름다운 모습을 담은 사진을 마주할 수 있다. 30년

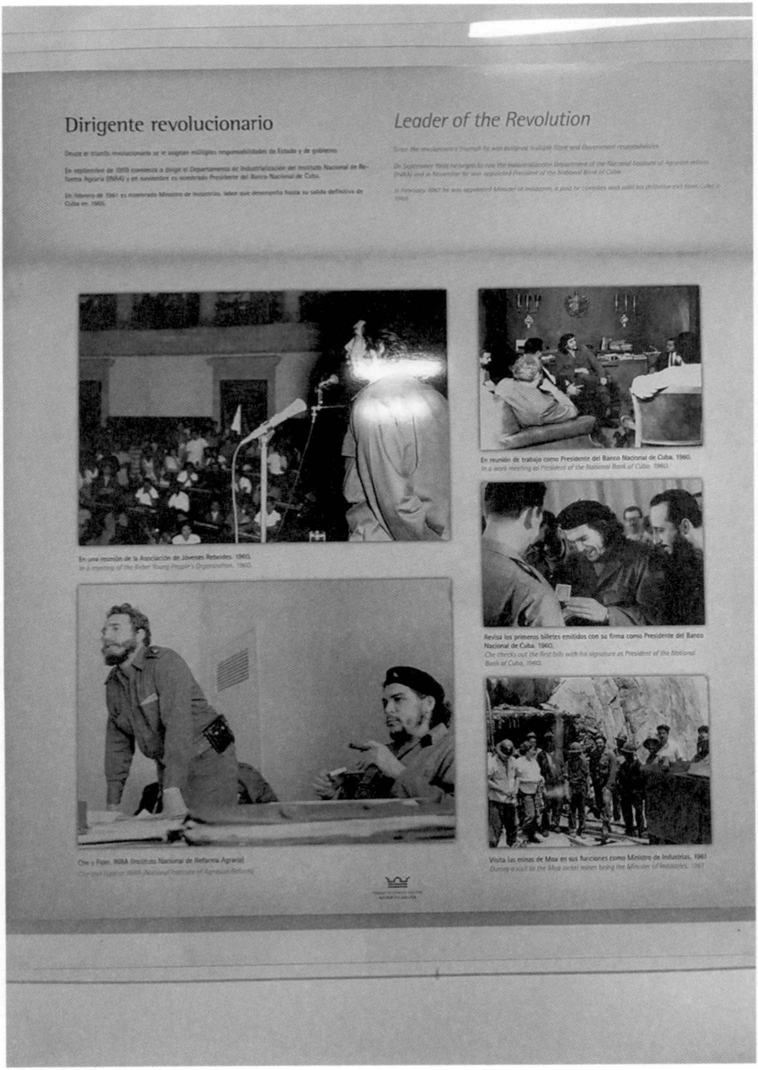

뮤지엄에 전시된 체의 사진들

만에 볼리비아에서 되찾은 그의 시체를 산타클라라로 운구했던 관도 그곳에 보관되어 있다. 라 카바냐 요새에서 밤에 스페인 식민 시대 때 방식대로 재현하는 포격식은 아바나를 대표하는 관광 상품 중 하나다. 노을이 물들기 시작하면 전 세계에서 온 관광객들이 그 포격식을 보러 모여든다. 성벽에 걸터앉아 말레콘에 부딪혀 하얗게 부서지는 포말을 바라보다 보면 누구나 감상에 젖게 된다. 사진도 기가 막히게 나오는 장소다. 박보검과 송혜교가 출연한 드라마 〈남자 친구〉도 여기서 키스 신을 찍었다지.

동서로 길게 뻗은 섬나라 쿠바! 서북단에서부터 동남단까지 거칠게라도 다 둘러보고 가는구나. 내 언제 다시 여길 올까만은 영원히 잊지 못할 여행으로 남은 건 분명하다.

포격식

에필로그

쿠바는 남자와 여행하는 나라가 아니다. 완벽한 남자 중의 상남자들이 줄지어 있는 나라. 살사 리듬에 맞춰 춤을 추고 사랑을 노래하는 남자들이 발길에 차이는 나라. 아름다운 빨마나무가 자라고 온갖 꽃과 나무와 채소들이 자라는 기름지고 깨끗한 땅. 제국의 무력에 굴종하지 않은 전사들의 피가 스며 있는 대지. 대가족이 모여 같이 일하고 나누며 살아가는 공동체. 가축까지 타고난 삶의 형태를 훼손당하지 않고 사는 나라. 모두가 잘사는 나라가 아니라 모두가 가난하게 살지만, 의료와 교육은 나라에서 온전히 책임지는 나라. 모자라고 부족해도 옆집 문을 두드리면 도움을 받을 수 있는 공존의 나라. 자본에 굴종할 수 없는 고결한 자존감을 지키며 따뜻한 미소를 짓는 사람들. 순수하고 아름다운 낭만이 남아 있는 마지막 땅 쿠바!

모든 인간은 저마다의 상처를 품고 있지만, 그 상처를 극복하고 자신을 사랑하는 법을 배운 사람들. 이번 여행에서 나는 그런 아름다운 사람들을 만날 수 있어 기뻤다.

내 버킷리스트 1위 여행지였던 쿠바.

한 해의 마지막을 쿠바에서 보내고 새해의 첫날을 쿠바에서 맞이하면서 나는 가장 내밀한 나의 모습과 함께했다. 타인의 눈에 비친 나를 보며 새롭게 나를 발견할 수 있었던 쿠바 여행. "여행이란 이러이러한 것이다."라는 정의는 숱하게 많다. 하지만 그것은 인간 개개인의 환경, 성향에 따라 다 다르게 내려앉는 거다. 누군가에게는 혁신으로, 누군가에게는 치유와 위로로, 누군가에게는 모험으로, 또 새로운 사랑으로……. 저마다 다르게 작용하게 되는 거다. 나 홀로 떠나온 이번 여행은 일상의 삶에 함몰되어 숨죽이던 내 안의 자유를 맘껏 날게 해 주고 그 자유가 보고 듣고 느끼고 경험한 것들이 굳어 있는 내 감성과 인식을 확장시켜 준 시간들이었다.

함께한 모든 친구에게 감사를. 그리고 이 멋진 여행을 기획하고 이끌어 준 로이스라는 멋진 여성을 좀 더 알 수 있게 되어 더 기쁘다. 한국말을 잘하던 빠트리샤와 여정 내내 우리를 안전하게 데려다준 기사 넬손에게도 사랑과 감사를 보낸다. 이제 체한테 푹 빠져 있던 나를 건져 내 남편한테 데려가야지.

태평양 상공에서